KB188091

이상한 나라의 앨리스

이상한 나라의 앨리스

초판 1쇄 발행 2018년 7월 9일

지은이 루이스 캐럴
옮긴이 김옥수
펴낸이 김소연

펴낸곳 비꽃
등록 2013년 7월 18일 제2013-000013호
주소 서울 강북구 삼양로 16길 12-11
이메일 rain__flower@daum.net 전화 02)6080-7287 팩스 070-4118-7287
홈페이지 www.rainflower.co.kr

ISBN 979-11-85393-58-2
   979-11-85393-19-3 (세트번호)

이 도서의 국립중앙도서관 출판시도서목록(CIP)은 서지정보유통지원시스템 홈페이지
(http://seoji.nl.go.kr)와 국가자료공동목록시스템(http://www.nl.go.kr/kolisnet)
에서 이용할 수 있습니다.
(CIP제어번호: CIP2018020333)

값 8,000원

루이스 캐럴

이상한 나라의 앨리스

김옥수 옮김

비꽃

이 책은 Harper Press 2010년 판본과 Project Gutenberg's (EBook #11)를 참조
했다.

〈이상한 나라의 앨리스〉 초판본에서

황금 햇살 가득한 오후에
우리가 탄 배는 천천히 미끄러진다,
가녀린 팔이 노 두 개를 모두 붙잡아
열심히 젓지만 너무나 서툴고,
가녀린 손으로 방향을 잡으려 애쓰나,
소용은 없구나.

아, 잔인한 세 아이여! 이런 시간에,
이렇게 멋들어진 날씨에,
가느다란 숨결조차 내쉴 수 없는
나한테 이야기하라 조르다니!
하지만 셋이 입 맞춰 조르는데
혼자서 당할 도리가 있을까?

첫째는 거만하게
"빨리 시작해요!"라 명령하고
둘째는 부드러운 목소리로
"재미난 이야기요!"라 간청하고
셋째는 이야기 굽이마다
쉴 새 없이 끼어든다.

이내, 갑자기 조용하게 변하면서
세 아이가 상상으로 빠져드니
신기하고 이상한 나라를 꿈꾸는 아이가
이리저리 돌아다니며
새나 짐승과 다정한 말을 주고받는데……
진짜라고 믿는 것 같다.

그러다가 황홀한 샘물이 마르면서
이야깃거리는 떨어지고
이야기꾼은 지쳐서
가녀린 마음으로
"나머지는 다음에……"라 힘없이 말하면
행복한 목소리 셋이 "지금이 바로 다음이에요!"라 소리친다.

이상한 나라 이야기는 늘어나고
하나씩 하나씩 신기한 사건을
천천히 끼워 맞추다……
이제 드디어 마무리하고,
우리는 저물어 가는 햇살을 받으며
집으로 노를 흥겹게 젓는다.

앨리스! 유치한 이야기를

다정한 손으로 받아서
어린 시절에 꿈으로 엮은
추억이라는 신비한 띠 옆에 나란히 놓는구나!
머나먼 나라에서 순례자가 꺾어와
이제는 시들어 버린 꽃다발처럼.

목 차

1. 토끼굴[1] 아래로

앨리스는 강둑에서 언니 옆에 앉아 가만히 있자니 정말 따분했어. 할 일이 하나도 없었거든. 언니가 읽는 책을 힐끗힐끗 쳐다보지만, 그림도 없고 대화도 없어, '그림도 대화도 없는 책을 왜 읽는담?' 하는 생각이 절로 났지.

그래서 앨리스는 (날씨가 더워 몹시 졸리고 몽롱한 상태로) 국화꽃 화환을 만드는 건 재미있을까, 굳이 일어나서 꽃을 꺾는 건 재미있을까 하는 생각에 빠져드는데, 눈은 빨갛고 털은 하얀 토끼가 휙 지나가는 거야.

그렇게 놀랍진 않았어. 토끼가 "이런! 이런! 너무 늦었어!"라고 중얼 거려도 앨리스는 대수롭지 않게 여겼지. (나중에 돌이켜 보면 이상하게 여기는 게 마땅하지만, 당시에는 정말 자연스럽게 보였어.) 하지만

---

1) 토끼굴은 옥스퍼드 '크라이스트 처치' 본관 건물 뒤편 계단을 패러디했다. 앨리스가 모험을 겪는 공간과 상황은 모두 당시 옥스퍼드 건물과 상황이 모델이다.

토끼가 실제로 '조끼 주머니에서 회중시계를 꺼내' 시간을 확인하고
다시 서둘 때 앨리스는 자리에서 벌떡 일어났어. 토끼에게 조끼 주머니
가 있는 것도 시계를 꺼낸 것도 처음 봤다는 생각이 문득 떠오른 거야.
앨리스는 호기심이 잔뜩 달아올라, 들판을 달리며 뒤를 쫓다, 토끼가
산울타리 밑 커다란 토끼굴로 쏙 들어가는 광경을 보았어.

　앨리스는 구멍으로 얼른 들어갔어, 다시 어떻게 빠져나올지는 조금
도 생각하지 않고.

　토끼굴은 동굴처럼 반듯하게 나아가다 갑자기 푹 꺼졌어. 너무 갑작
스러워서 앨리스는 멈출 여유도 없이 밑으로 곧장 떨어지는데, 깊은
우물 같았어.

　우물이 아주 깊은 것 같기도 하고 자신이 아주 천천히 떨어지는

14

것 같기도 했어. 밑으로 떨어지면서 주위를 둘러볼 여유도, 앞으로 어떻게 될까 궁리할 여유도 충분했거든. 처음에는 아래를 내려다보아 어떤 곳이 나올지 알아보려 했지만, 워낙 어두워서 아무것도 안 보였어. 그래서 주변을 둘러보다 벽장과 책꽂이가 빽빽하다는 사실을 알아챘어. 지도나 그림도 여기저기 걸리고.

앨리스는 밑으로 떨어지는 도중에 벽장 선반에서 병을 하나 꺼냈어. '오렌지 잼'이라는 딱지가 붙었는데, 안타깝게도 속은 텅 비었더군. 하지만 병을 그냥 놓으면 밑에서 누군가 맞을까 두려워 다른 벽장 선반에 얼른 집어넣었어. 그리고 속으로 중얼거렸지.

'맙소사! 이렇게 떨어지고 나면 앞으로 계단에서 구르는 정도는 별거 아니겠어! 그러면 사람들이 나더러 정말 용감하다며 감탄하겠지! 그래, 지붕 꼭대기에서 떨어지더라도 아무런 소리를 안 내는 거야!' (앨리스는 정말 그럴 것 같았어.)

아래로, 아래로, 아래로. 이렇게 영원히 떨어지는 걸까?

"지금까지 얼마나 많이 떨어졌는지 궁금해. 지구 한가운데로 다가가는 게 분명해. 대략 6천4백 킬로미터는 될 것 같은데……(학교에서 배웠거든. 하지만 지금은 잘난 척해도 소용이 없어, 들어줄 사람이 없으니. 그래도 되새김질 공부로는 좋겠지.) 그래, 대충 그 정도야. 경도와 위도는 어떨까?"

앨리스가 커다랗게 말했어. 경도가 뭔지 위도가 뭔지 모르지만, 이렇게 말하면 근사할 것 같았거든. 그러다 다시 중얼댔지.

"이러다가 지구를 곧장 뚫고 나가는 거 아닐까? 머리를 바닥에 대고 걷는 사람들 사이로 불쑥 튀어나가면 정말 재미있을 거야! 대립점[2]

---

2) 지구 중심을 지나 반대편에 있는 지점을 대척점(antipodes)이라 하는데, 앨리스는 Antipathies(반감)로 잘못 알았다. 여기서는 발음상 '대립점'이라고 표기하겠다.

같은데⋯⋯(이번에는 듣는 사람이 없어서 다행이야. 단어가 틀린 것 같거든.) 그래도 어떤 나라인지 물어야 해. 저기요, 아주머니, 여기가 뉴질랜드인가요, 호주인가요? (앨리스는 이렇게 말하면서 무릎을 공손하게 구부려서 인사하려고 했어. 밑으로 떨어지면서 무릎을 공손하게 구부린다고 상상해 봐! 여러분이라면 그럴 수 있겠어?) 그러면 아주머니는 내가 아무것도 모르는 꼬맹이라고 생각할 텐데! 그래, 그렇게 물으면 안 돼. 잘 찾으면 나라 이름이 보일 거야."

아래로, 아래로, 아래로. 떨어지는 것 말고 특별히 할 게 없어서 앨리스는 다시 중얼거렸어.

"다이나가 오늘 밤에 날 무척 찾을 거야, 분명히! (다이나는 고양이야.) 간식 시간에 사람들이 안 잊고 우유를 따라주면 좋겠어. 다이나, 우리 예쁜이, 네가 지금 여기에서 나랑 함께 떨어지면 정말 좋을 텐데! 공중이라서 쥐는 없겠지만, 박쥐를 잡을 순 있잖아, 박쥐는 쥐랑 비슷하니까. 그런데 고양이가 박쥐를 먹나?"

앨리스는 너무 졸려서 꿈이라도 꾸는 듯 혼자서 "고양이가 박쥐를 먹나? 고양이가 박쥐를 먹나?" 하고 중얼대다 가끔은 "박쥐가 고양이를 먹나?"라고도 중얼대는데, 어차피 답을 모르니, 어떤 식으로 물어도 문제 될 건 없어. 앨리스는 꾸벅꾸벅 졸다가 꿈속에서 다이나와 손을 맞잡고 걸으며 "다이나, 사실대로 대답해. 박쥐를 먹은 적 있니?" 하고 진지하게 묻는데, 갑자기 쿠당탕, 꽝! 나뭇가지랑 낙엽이 쌓인 더미로 떨어졌어. 바닥이 나온 거지.

다친 데가 조금도 없어서 벌떡 일어났어. 공중을 올려다보니, 온통 캄캄해. 앞에는 통로가 기다랗고 하얀 토끼도 보이는데, 급히 달려가는 거야. 머뭇거릴 틈이 없었지. 앨리스는 재빨리 쫓아갔어. 그래서 토끼가 모퉁이를 돌며 "어쩌면 좋아, 너무 늦었어!"라고 중얼거리는

소리를 간신히 들었어. 앨리스도 곧바로 쫓아서 모퉁이를 도는데, 토끼가 더는 안 보이는 거야. 아주 기다랗고 천장이 나지막한 복도만 있는데, 등잔을 천장에 쪼르르 달아서 주변을 환하게 밝혔더군.

　복도 양쪽으로 문이 쭉 늘어섰는데, 모두 잠겼어. 앨리스는 복도 한쪽 끝으로 쭉 내려가고 맞은편에서 쭉 올라오며 문을 하나씩 열어 보다 잔뜩 실망한 채 한가운데로 나왔어. 밖으로 어떻게 나갈지 막막했거든.

　그런데 다리 셋 달린 탁자가 갑자기 보이는 거야. 단단한 유리로 만든 건데, 거기에 조그마한 황금 열쇠 하나가 달랑 놓여서 앨리스는 복도에 쭉 달린 문 가운데 하나에 딱 맞겠다는 생각이 절로 들었지. 하지만 아아! 자물쇠가 너무 큰 건지 열쇠가 너무 작은 건지, 하나도 안 맞는 거야. 그래서 복도를 다시 돌아다니는데 나지막한 커튼 하나가 새롭게 보여. 커튼을 젖히니, 조그만 문이 있는데 높이가 대략 40㎝

정도야. 앨리스는 조그만 황금 열쇠를 자물쇠 구멍에 넣었어. 기쁘게 도 딱 들어맞았지!

문을 여니까 조그만 통로가 나오는데, 크기가 쥐구멍만 해. 무릎을 꿇고서 내다보니, 통로 너머로 정원이 정말 아름다워. 앨리스는 깜깜한 복도를 벗어나서 화사한 꽃밭과 시원한 분수 사이를 거닐고 싶은 마음이 굴뚝같은데, 출구로 머리조차 넣을 수 없는 거야. 불쌍한 앨리스는 '머리가 들어간다 해도 문제야. 어깨가 못 들어가면 소용이 없잖아. 아, 망원경을 접듯 내 몸을 착착 접을 수 있다면 얼마나 좋을까! 시작하는 방법만 알면 나머지는 쉬울 텐데'라는 생각이 절로 들었지. 여러분도 알겠지만, 이상한 일이 워낙 많이 일어나다 보니, 안 되는 일 역시 없겠다는 생각도 들었거든.

조그만 문 앞에서 가만히 기다리는 건 소용이 없을 것 같아, 탁자로 돌아왔어. 다른 열쇠가 있든가, 몸뚱이를 망원경처럼 접는 마법 책이 있을까 해서. 그런데 이번에는 탁자에 작은 병이 있고("아까는 분명히 없었는데"라고 앨리스는 중얼거렸지), 병목에 종이쪽지가 묶였는데, '나를 마셔요'라는 글씨가 큼지막하고 예쁘장한 거야.

'나를 마셔요'라는 말은 고맙지만, 귀엽고 똑똑한 앨리스는 서두를 생각이 없었어. "안 돼, '독약'이란 표시가 있는지 없는지 먼저 살펴야 해"라고 중얼거렸지. 예전에 아이가 불타 죽거나 들짐승에게 잡아먹히는 등, 어려운 일에 처하는 동화를 몇 번 읽었는데, 그렇게 된 건 친구들이 알려준 간단한 원칙을 잊었기 때문이거든.

빨갛게 달아오른 부지깽이를 움켜쥐면 덴다든가, 칼날에 손을 베면 피가 난다든가 하는 거 말이야. '독'이라고 표시한 병을 들이켜면 조만간에 탈이 난다는 사실 역시 앨리스는 한 번도 안 잊은 거야.

하지만 병에는 '독'이란 표시가 없어. 앨리스는 위험을 무릅쓰고 살짝 맛보아, 정말 훌륭하다는 (체리 파이, 고급 과자, 파인애플, 칠면조 구이, 캐러멜, 버터를 발라서 따끈하게 구운 토스트를 하나로 뭉친 맛이라는) 사실을 깨닫고 단숨에 꿀꺽 마셨지.

*　*　*　*　*　*　*

*　*　*　*　*　*

*　*　*　*　*　*

"기분이 묘해! 내가 망원경처럼 접히는 것 같아."

앨리스가 중얼거렸어. 정말 그랬어. 키가 25㎝로 줄어서 앨리스는 얼굴이 환하게 밝아졌어. 조그만 문을 지나서 아름다운 정원으로 들어갈 것 같았거든. 하지만 몸이 더 줄어들지 몰라서 처음에는 가만히 기다렸어. 약간 불안한 생각마저 들었지. "몸뚱이가 양초처럼 완전히 사라질 수도 있잖아. 그럼 난 어떻게 될까?" 하고 중얼거릴 정도였어. 양초가 다 타면 촛불은 어떻게 되는지도 머릿속으로 그려보려고 했어. 그런 걸 본 기억이 안 났거든.

한참이 지나도 별다른 일이 없자, 앨리스는 정원으로 당장 들어가려고 마음먹었어. 하지만 아아, 불쌍한 앨리스! 문으로 간 다음에 비로소 조그만 황금 열쇠를 안 가져왔다는 사실을 깨닫더니, 탁자로 돌아간

다음에는 손이 안 닿는다는 사실마저 깨달은 거야. 열쇠가 유리 너머로 또렷이 보여, 앨리스는 탁자 다리 하나를 잡고 온 힘을 다해서 기어오르는데, 정말 미끄러웠어. 계속 오르려다 완전히 지친 다음에 비로소 어린 앨리스는 가엾게도 바닥에 주저앉아서 엉엉 울었지. 그러다가 매섭게 다그쳤어.

"그만해, 이렇게 울어도 소용없어! 내가 충고하겠는데, 당장 그치는 게 좋아!"

앨리스는 평소에 자신에게 좋은 충고도 하고 (하지만 충고에 따른 적은 거의 없어) 두 눈에서 눈물이 쏙 나올 정도로 따끔하게 꾸짖기도 해. 한번은 혼자서 두 사람 역할을 하며 크로케 경기를 하다가 자신을 속였다고 스스로 따귀까지 때리려고 한 적도 있어. 앨리스는 호기심 많은 아이라서 혼자 두 사람인 척하며 노는 걸 좋아하거든. '하지만 지금 두 사람인 척하는 건 소용없어! 몸뚱이가 줄어서 한 사람 노릇도 제대로 못 하잖아!' 하는 생각이 절로 떠올랐지.

그러다가 탁자 밑 조그만 유리 상자로 눈길이 살짝 간 거야. 상자를 여니까 조그만 케이크가 나오는데, '나를 먹어요'라는 글씨를 건포도로 예쁘게 써놨더군.

"그래, 저걸 먹는 거야. 몸뚱이가 늘어나면 열쇠를 집는 거고, 줄어들면 문 밑으로 기어나가는 거야. 양쪽 모두 정원으로 들어갈 수 있으니까 어느 쪽이든 상관없어!"

앨리스가 말하곤, 케이크를 조금 먹고 불안한 어투로 "어느 쪽이야? 어느 쪽이야?"라고 중얼거리며 손을 머리에 올려서 어느 쪽으로 변하는지 알아보다, 키가 그대로라는 사실을 깨닫고 깜짝 놀랐어. 평소라면 케이크를 먹어도 이러는 게 당연하지만, 지금은 이상한 일이 일어날 거라고 잔뜩 기대한 터라, 평상시와 똑같다는 사실이 정말 따분하고 시시했거든.

그래서 앨리스는 케이크를 다시 먹기 시작해, 순식간에 해치웠지.

    *   *   *   *   *   *   *

      *   *   *   *   *   *

    *   *   *   *   *   *   *

2. 눈물 웅덩이

"정말 이상하고도 이상해! 이번에는 세상에서 가장 기다란 망원경처럼 몸이 쭉쭉 늘어나! (두 발이 저만치 떨어져서 안 보일 정도야!) 잘 가렴, 내 발아! 아, 이제 누가 너한테 신발과 양말을 신겨 줄까, 가엾고 조그만 발아? 난 그럴 수 없을 게 분명해! 그러기엔 너무 멀거든. 이제부터는 네가 알아서 신어야겠구나."

앨리스가 소리쳤어. 어찌나 놀랐는지 제대로 말하는 방법조차 잊어버린 거야. 이런 생각도 들었어.

'그래도 두 발한테 다정하게 굴어야 해. 안 그러면 내가 가려는 곳으로 안 갈 테니까! 가만있자. 그래, 크리스마스마다 두 발한테 장화를 새로 선물하는 거야.'

앨리스는 장화를 어떻게 선물할지 곰곰이 떠올리다가 이렇게 생각했어.

'배달하면 되겠어. 그런데 자기 발한테 선물을 배달하는 건 정말 우스울 것 같아! 주소는 또 얼마나 희한할까!

　　벽난로 울타리 근처
　　벽난로 깔개 위
　　앨리스 오른발 귀하에게
　　　- 앨리스가 사랑을 담아서 -

　세상에, 내가 지금 헛소리를 하는군!'
　바로 그때, 머리가 복도 천장에 부딪혔어. 실제로 키가 3m를 훌쩍
넘은 거야. 앨리스는 조그만 황금 열쇠를 냉큼 집어서 정원 문으로
황급히 달렸어.

　　　　가엾은 앨리스! 할 수 있는 거라곤 옆으
　　　로 누워서 한쪽 눈으로 정원을 들여다보
　　　는 게 전부야. 통로를 지날 수 없다는 건
　　　아까보다 확실했지. 그래서 다시 주저앉
　　　아 엉엉 울었어. 그러다가 다그쳤어.
　　　　"부끄러운 줄 알라고, 너처럼 커다란
　　　아이가(틀린 말은 아니야!) 질질 짜다니!
　　　뚝 그쳐, 지금 당장!"
　　　　그래도 마냥 울면서 눈물을 펑펑 쏟다
　　　보니, 눈물 웅덩이가 커다랗게 고였어. 주
　　　변 복도에 10㎝ 높이나 들어찼지.
　　　　그런데 멀리서 빠르게 걷는 발소리가
　　　어렴풋이 들리는 거야. 앨리스는 누가 다
　　　가오는지 보려고 눈물을 얼른 닦았어. 하

얀 토끼가 다시 나타나는데, 차림이 근사해. 한 손에는 하얀 양가죽 장갑 한 켤레를, 다른 손에는 큼직한 부채를 들었어. 그런데 황급히 달려오며 "아, 공작 부인, 공작 부인! 아, 내가 늦었다고 불같이 화내면 어떡하지?" 하고 중얼거리는 거야. 앨리스는 다급한 마음에 누구라도 붙잡고 애원하고 싶었어. 그래서 토끼가 다가오는 순간에 기어드는 목소리로 조그맣게 불렀어.

"저…… 저기요……"

그러자 토끼가 화들짝 놀라서 하얀 장갑이랑 부채마저 떨어뜨린 채 어둠 속으로 허둥지둥 달아나는 거야.

앨리스는 부채랑 장갑을 집어 들고, 실내가 너무 더워서 연신 부채질하며 중얼거렸어.

"세상에, 세상에! 오늘은 참 이상한 일만 생겨! 어제만 해도 평소랑 다를 게 없었는데. 밤사이에 내가 변했나? 어디 보자. 내가 오늘 아침에 일어날 때 어제랑 똑같은 사람이었나? 느낌이 약간 달랐던 것 같기도 해. 내가 똑같은 사람이 아니라면, 다음 질문, 도대체 난 누구지? 아, 문제가 정말 어렵구나."

그리곤 동갑내기 아이를 하나씩 떠올리면서 자신이 어떤 아이로 변한 건지 곰곰이 따져보았어.

"에이다는 아닌 게 분명해. 걔는 기다란 곱슬머린데, 나는 전혀 아니잖아. 그렇다고 해서 내가 메이벌로 변할 리도 없고 난 뭐든지 아는데 메이벌은, 아아! 메이벌은 뭐든지 모르잖아! 메이벌은 메이벌이고 나는 나라고, 게다가…… 아아, 정말 어렵구나! 내가 알던 걸 그대로 아는지 살펴보자. 가만있자…… 4 곱하기 5는 12, 4 곱하기 6은 13, 4 곱하기 7은……. 맙소사! 이런 식으로는 20조차 못 가겠어![3] 하지만 구구단은 중요하지 않아. 지리를 따져보자. 런던은 파리 수도, 파리는 로마 수도, 로마는……. 아니야! 다 틀렸어, 확실히! 내가 메이벌로 변한 게 분명해! '조그만 악어가……'를 읊어보자."

앨리스는 수업 시간에 읊조리듯 두 손을 무릎에 포개고 시를 외우는데, 목소리가 쉬어서 이상한 데다 내용 역시 예전과 다른 거야.

"조그만 악어는 어떻게
반짝반짝 꼬리를 닦을까

---

3) 4×5=12는 18진법, 4×6=13은 21진법, 4×7=14는 24진법이다. 진법을 세 칸씩 건너뛰면 20이 절대로 안 나온다.

황금 비늘 틈틈이
나일 강물 뿌려요!

조그만 악어는 활짝 웃고
발톱을 가지런히 펼치고
커다란 입을 다정하게 벌려서
조그만 물고기를 맞이해요![4]

내용이 하나같이 틀린 게 분명해."

앨리스가 불쌍하게 중얼대더니, 두 눈에 눈물을 다시 한가득 머금으며 덧붙였어.

"내가 메이벌로 변했으니 이제 비좁고 허름한 집에서 살아야겠구나. 가지고 놀 장난감은 없고, 아, 공부할 건 정말 많겠지! 안 돼, 그럴 순 없어. 메이벌로 변한 거라면 난 여기에 그대로 머물겠어! 사람들이 머리를 들이밀고 내려다보면서 '어서 올라오렴, 얘야!' 하고 말해도 소용없어. 난 위를 올려다보며 '내가 누군가요? 그것부터 대답하세요. 그러면, 그 사람으로 지내는 게 마음에 들면, 올라갈게요. 마음에 안 들면, 다른 사람으로 변할 때까지 여기에 머물고요' 하고 대답하겠어…… 하지만, 아아!"

앨리스는 눈물을 왈칵 쏟으며 소리쳤어.

"사람들이 얼굴을 들이밀고 내려다보기라도 하면 좋겠어! 이렇게 혼자 있는 건 정말 싫어!"

앨리스는 이렇게 말하다 손을 내려다보고 깜짝 놀랐어. 자신이 말하는 사이에, 토끼가 떨어뜨린 하얀 장갑 한 짝을 손에 낀 거야. '내가

---

4) 영국의 식민지 정책을 비꼬는 내용이다. 작품에 등장하는 노래와 시는 모두 당시에 유행하던 동요나 자장가를 패러디했다.

이걸 어떻게 꼈지? 내가 다시 작아진 게 분명해'라는 생각이 절로 들었지. 그래서 벌떡 일어나 탁자로 가서 몸을 재니, 예상대로 키는 60㎝ 정도인데, 여전히 빠르게 줄어드는 거야. 앨리스는 손에 든 부채 때문이라는 사실을 깨닫고 황급히 버려, 몸뚱이가 줄다가 완전히 사라지는 걸 간신히 피했어.

"정말 아슬아슬했어!"

앨리스가 중얼거렸어. 몸뚱이가 갑자기 줄어서 엄청 놀랐지만, 완전히 사라진 건 아니라서 엄청 기뻤지. 그래서 "이제 정원으로 가자!"고 말한 다음, 조그만 문으로 힘껏 달렸어. 그런데, 맙소사! 조그만 문은 다시 닫히고 조그만 황금 열쇠는 탁자에 그대로 있으니, 가엾은 앨리스는 '문제가 훨씬 커졌어. 내가 이렇게 조그맣게 변한 적은 한 번도 없다고, 단 한 번도! 정말이지 이건 너무해, 너무 심하다고!'라는 생각이 절로 들었지.

속으로 중얼대는 순간 앨리스는 발이 살짝 미끄러지더니, 갑자기 풍덩! 소금물에 빠져서 얼굴만 간신히 내밀었어. 처음에는 어쩌다가 바다에 빠진 게 분명하다는 생각에, "기차를 타고 돌아가면 되겠다"고 중얼댔어. (앨리스는 해안에 딱 한 번 갔는데, 바닷가는 어디나 이동식 탈의장이 있고, 아이들은 나무 삽으로 모래를 파며 놀고, 민박집은 쭉 늘어서고, 그 뒤로 기차역이 있다고 결론지었거든.) 하지만 자신이 눈물 웅덩이에 빠졌다는 사실을, 키가 3m나 나갈 때 흘린 눈물 웅덩이란 사실을 곧바로 깨달은 거야. 그래서 빠져나가려고 열심히 헤엄치며 한탄했어.

"그렇게 펑펑 우는 게 아니었어! 지금 벌 받는 거야, 내 눈물에 내가 빠져 죽는! 그러면 정말 이상하겠어! 하지만 오늘은 뭐든지 이상하잖아."

　바로 그때, 조금 떨어진 곳에서 첨벙대는 소리가 들려, 앨리스는 그쪽으로 헤엄치며 누군지 살피는데, 처음에는 해마나 하마가 분명하다고 생각했어. 그러다가 자신이 조그맣게 변한 걸 떠올리곤, 쥐 한 마리가 자신과 마찬가지로 눈물 웅덩이에 빠졌다는 걸 깨달았지.

　'저 쥐한테 말하면 알아들을까? 여기는 모든 게 이상하니까 쥐가 말할 수도 있을 것 같아. 어쨌든 말을 걸어보는 거야, 손해날 건 없으니까.'

　앨리스는 이렇게 생각하고 말을 걸었어.

　"오, 쥐여, 웅덩이에서 빠져나갈 방법을 그대는 아는가? 이리저리 헤엄치느라 난 완전히 지쳤구나, 오, 쥐여!"

　앨리스는 쥐에게 이렇게 말하는 게 옳다고 생각했어. 쥐 같은 짐승에게 말을 거는 건 처음이지만, 오빠가 공부하는 라틴어 문법책에서 '쥐-쥐의-쥐에게-쥐를-오, 쥐여!'를 본 게 기억났거든. 그런데 쥐가 왜 그러느냐는 표정으로 쳐다보는 거야. 조그만 눈 하나를 깜빡인 것 같기도 한데, 말을 한 건 아니야. 그래서 앨리스는 생각했어.

'어쩌면 영어를 모를 수도 있어. 프랑스 쥐라서, 정복왕 윌리엄을 따라온.'

앨리스는 역사 지식을 아무리 동원해도 그런 일이 일어난 게 얼마나 오래전인지 또렷하게 떠오르지 않았어. 그래서 다시 물었지. 불어 교과서 제일 앞에 나오는 문장이야.

"우 에 마 샤뜨?"[5]

그러자 쥐가 물 위로 펄쩍 뛰어오르는데, 무서워서 벌벌 떠는 것만 같았어. 앨리스는 불쌍한 짐승을 무섭게 만든 것 같아서 황급히 소리쳤지.

"아, 정말 미안해! 너희는 고양이를 좋아하지 않는 걸 깜빡했어."

"고양이를 좋아하지 않는다니! 네가 나라면 고양이를 좋아하겠니?"

쥐가 열불 나서 매섭게 받아치자, 앨리스는 상대를 달래는 어투로 대답했어.

"으음, 아니겠지. 화내지 마. 그래도 우리 고양이 다이나를 보여주고 싶어. 다이나를 보면 너도 고양이를 좋아할 거야. 정말 사랑스럽고 얌전하거든."

그러더니 앨리스는 느릿느릿 헤엄치며 혼잣말처럼 덧붙였어.

"난롯가에 앉아서 멋들어지게 가르랑대며 발을 핥고 얼굴을 닦아…… 품에 안으면 정말 보드랍고 포근하고…… 쥐를 잡는 실력은 정말 대단…… 어머, 미안해!"

앨리스가 다시 소리쳤어. 생쥐가 온몸에 난 털을 잔뜩 곤두세운 걸 보고서 자신이 정말 심한 말을 한 게 분명하다고 느꼈거든. 그래서 황급히 말했어.

---

5) 고양이는 어디에 있니?

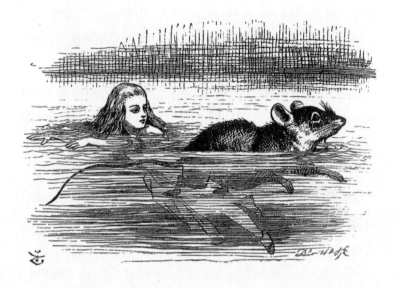

"네가 싫다면 앞으로 우리, 다이나 이야기는 하지 말자."

"'우리'라니! 내가 이야기에 끼어들기라도 한 것처럼! 우리 집안은 고양이를 한없이 증오한다고, 고약하고 천박하고 비열한 짐승! 내 앞에서 다시는 고양이 '고' 자도 꺼내지 마!"

쥐가 쏘아붙이면서 머리부터 꼬리까지 부르르 떨었어.

"그래, 알았어, 정말 안 할게!"

앨리스가 말하더니, 화제를 황급히 바꾸어, "그럼 혹시…… 혹시…… 혹시…… 개는 좋아하니?" 하고 묻는데, 쥐가 대답을 안 하자, 정말 보고 싶다는 표정으로 덧붙였어.

"우리 옆집에 정말 귀여운 개가 있는데, 너한테 보여주고 싶어! 사냥 갠데, 초롱초롱한 눈은 정말 귀엽고 갈색 털은 포근하고 곱슬곱슬해! 공을 던지면 물어오고 밥 달라고 할 때는 벌떡 일어서는 등, 재주가 참 많아. 농부 아저씨가 기르는데, 쓸모가 많다고 자랑하시지, 백 파운드 가치는 나갈 정도라면서! 쥐란 쥐는 모조리 잡아 죽여서…… 어머나! 내가 또 엉뚱하게 말한 것 같아!"

앨리스는 애달픈 어투로 말했어. 쥐가 있는 힘을 다해서 헤엄치며 도망치느라 물결이 요동쳤거든. 그래서 앨리스가 다정하게 소리쳐 불렀어.

"얘, 생쥐야! 제발 돌아와. 개 이야기든 고양이 이야기든 두 번 다시 안 할게, 그렇게 싫다면!"

생쥐는 이 말을 듣고 몸을 돌려서 천천히 헤엄치며 다가왔어. 그리고 (앨리스가 보기에 잔뜩 흥분해서) 얼굴이 정말 창백하게 변한 채, 떨리는 목소리로 나지막이 말했어.

"물가로 나가자. 사연을 들려줄게. 그러면 개나 고양이를 내가 왜 그리도 싫어하는지 이해할 거야."

안 그래도 물가로 나가야 했어. 새와 동물이 잔뜩 빠져서 웅덩이가 붐볐거든. 오리, 도도새, 앵무새, 새끼 독수리를 비롯해 묘하게 생긴 동물이 다양해.[6] 앨리스는 제일 앞에서, 나머지는 뒤에서 헤엄치며 물가로 나갔어.

---

6) 여기에 나오는 도도새는 작가 루이스 캐럴(본명은 '도지슨'으로 말을 심하게 더듬어 자기 이름을 도도-도지슨이라고 불렀다)을, 오리(Duck)는 보트를 함께 타던 친구 덕워스(Duckworth)를, 앵무새(Lory)는 앨리스 언니 Lorina를, 새끼 독수리 (Eaglet)는 앨리스 동생 Edith를 상징한다.

3. 코커스 경주와 기나긴 이야기

물가로 하나씩 나오는데, 모습이 정말 이상했어. 날짐승은 깃털이 하나같이 축 늘어지고 들짐승은 털이 하나같이 착 달라붙은 채 물을 뚝뚝 흘리느라 하나같이 불편하고 짜증스런 표정이거든.

무엇보다 급한 문제는 당연히 몸을 말리는 거야. 그래서 방법을 함께 논의하는데, 앨리스는 동물과 얘기하는 게 정말 자연스러워, 옛날부터 알고 지내던 사이처럼. 실제로 앵무새하고 논쟁까지 한참 벌이는데, 결국에는 앵무새가 삐져서 "나는 너보다 나이가 많아, 그래서 아는 것도 당연히 많고"라는 말만 했지. 그런데 앨리스는 앵무새가 도대체 몇 살인지 몰라서 인정할 수 없고, 앵무새는 나이 밝히는 걸 단호하게 거부하니, 논쟁은 그걸로 끝날 수밖에.

그러자 생쥐가 소리치는데, 그나마 권위가 있는 것처럼 보였어.

"너희 모두 바닥에 앉아서 내 말을 들어! 내가 금방 말려줄 테니!"

모두가 생쥐를 중심으로 단번에 커다란 동그라미를 그리며 바닥에

앉았어. 앨리스는 초조한 눈으로 생쥐를 열심히 바라보았지. 몸을 빨리 안 말리면 독감에 걸릴 것 같았거든.

이윽고 생쥐가 거드름부리며 다시 말했어.

"에헴! 다들 준비됐나? 내가 아는 꽝장히 건조한 얘기를 해주지.[7] 모두 조용하도록! '교황이 정복왕 윌리엄을 지지하자 영국 국민은 곧바로 항복했어. 어차피 통치자는 필요하고, 연속으로 일어나는 왕위 찬탈과 침략에도 익숙했거든. 머시아 공국 공작 에드원과 노섬브리아 공국 공작 모카는……'"

"우웩!"

앵무새가 부르르 떨며 경멸하니, 생쥐는 얼굴을 찡그리면서도 정중하게 물었어.

"무슨 말이야! 지금 뭐라고 했니?"

"내가 한 말 아니야!"

---

7) 건조한 이야기에서 '건조한'은 dry, 몸을 말리는 것도 dry니, 건조한 이야기로 몸을 말린다는 뜻이다.

앵무새는 허둥대며 부정하고, 생쥐는 다시 말했어.

"난 네가 말한 줄 알았지. 계속할게. '머시아 공국 에드윈 공작과 노섬브리아 공국 모카 공작은 정복왕 윌리엄을 지지한다고 선언했어. 애국심을 강조하던 캔터베리 대주교 스티갠드조차 그게 상책임을 찾 아내고……'"

"뭘 찾아내?"

오리가 묻자, 생쥐는 짜증스럽게 대답했어.

"그거. '그게' 뭔지 너도 알잖아."

"'그게' 뭔지 당연히 알겠지, 내가 찾아내면. 대체로 개구리나 벌레 거든. 내가 물은 건 대주교가 찾아낸 게 무어냐는 거야."

오리가 묻는데, 생쥐는 가볍게 무시하고 말을 황급히 이어갔어.

"에드가 공자와 함께 윌리엄 왕을 찾아가서 왕관을 바치는 게 상책 임을 찾아냈어. 윌리엄 왕은 처음에 부드럽게 통치했어. 하지만 왕이 데려온 프랑스 노르만족은 오만하게도……' 이제 좀 어때?"

생쥐가 말하다가 물으며 앨리스를 쳐다보았어.

"여전히 축축해. 조금도 안 마른 것 같아."

앨리스가 대답하는데, 정말 침울한 목소리야.

그러자 도도새가 벌떡 일어나서 엄숙하게 선언했어.

"그렇다면 모임을 마칠 것을, 훨씬 강력한 해결책을 당장 도입할 것을 제안하니……"

"제대로 말해! 말이 너무 길어서 절반도 못 알아듣겠어. 너도 무슨 말인지 모르는 것 같고!"

새끼 독수리가 타박하곤 고개를 숙여서 웃음을 감추고 다른 새들 역시 킥킥대며 웃으니, 도도새가 기분 상한 어투로 말했지.

"내가 하려던 말은 몸을 말리는 방법으로 코커스 경주가 제일 좋다는 거야."

"코커스 경주가 뭔데?"

앨리스가 물었어. 꼭 알고 싶은 마음은 없지만, '누군가' 물을 거로 생각한 듯 도도새가 입을 꾹 다문 채 기다리는데, 아무도 안 묻는 것 같아서야.

"직접 해보면 알아."

도도새가 대답했어. (겨울철 추운 날에 여러분도 하고 싶을 수 있으니, 도도새가 한 방법을 내가 자세히 알려줄게.) 제일 먼저, 뜀박질할 곳을 동그랗게 그리면서 "대충 그려도 괜찮아" 하고 말하더니, 모든 동물을 동그란 선에 동그랗게 세웠어. "하나, 둘, 셋, 출발!" 하는 건 없었어. 각자 마음 내킬 때 달리고 마음 내킬 때 멈추는 식이라서 경주가 언제 끝날지 예측할 수도 없고. 하지만 그렇게 삼십 분 정도를 달리니 젖은 몸이 많이 말라, 도도새는 "경주가 끝났다!"고 갑자기 소리쳐, 모두 숨을 헐떡이며 모여들어서 "그럼 누가 이긴 거야?" 하고 물었지.

이 질문에 대답하려면 도도새는 정말 엄청나게 많이 생각해야 해서, (셰익스피어 그림에 흔히 나오는 것처럼) 손가락 하나를 이마에 대고 앉아서 오랫동안 가만히 있고, 나머지는 가만히 기다렸어. 그러다 마침내 도도새는 "모두가 이겼어. 상을 모두 받아야 해" 하고 소리쳤지.

"상은 누가 주는 거야?"

모든 동물이 동시에 물었어.

"당연히 저 애지."

도도새가 대답하며 손가락 하나로 앨리스를 가리키자, 모든 동물이 앨리스 주변으로 모여들어 요란하게 소리쳤어.

"상을 줘! 상을 줘!"

앨리스는 어떻게 해야 좋을지 몰라, 될 대로 되라는 식으로 한 손을 주머니에 넣더니 과자 상자를 하나 꺼내는데, 다행히 짠물이 안 들어가서 상으로 나눠주었어. 모두에게 하나씩 공평하게 돌아갔지.

"그런데 저 애도 상을 받아야 하잖아."

생쥐가 말하자, 도도새는 엄숙하게 대답했어.

"당연하지."

그리고 앨리스를 쳐다보며 물었어.

"주머니에 또 뭐가 있니?"

"골무 하나."

"나한테 넘겨."

도도새가 말하더니, 모든 동물이 앨리스를 다시 에워싼 가운데, 골무를 엄숙하게 내밀며 말했어.

"우리는 그대가 훌륭한 골무를 받아 주길 갈망하노라."

도도새가 짧게 연설하자 모두 환호했어.

앨리스는 모든 게 엉터리라고 생각했지만, 표정이 하나같이 진지한 터라 허투루 웃을 순 없었어. 게다가 할 말도 특별히 떠오르지 않아서 고개만 꾸벅 숙이며 골무를 받고 최대한 엄숙한 표정을 머금었어.

이제는 과자를 먹는 순서라서 여기저기가 시끌벅적했어. 커다란 새는 맛조차 느낄 수 없다며 투덜대고 조그만 새는 목이 막혀서 등을 두드려야 했거든. 여하튼 이 순서도 마침내 끝나고 다시 모두 동그랗게 앉아서 생쥐에게 다른 이야기를 하라고 졸랐어. 앨리스도 끼어들었지.

"네가 사연을 들려준다고, 그리도 싫어하는 이유를 알려준다고 했잖아…… '고'와 '개'를."

앨리스는 뒷말을 조그맣게 덧붙였어. 생쥐가 또 화낼까 두려웠거든.

"내 이야기는(tale) 정말 길고 슬퍼!"

생쥐가 말하면서 앨리스를 쳐다보고 한숨지었어.

앨리스는 감탄스런 눈으로 생쥐 꼬리를(tail) 내려다보며 대답했지.

"꼬리가 정말 길긴 길구나.[8] 그런데 왜 슬프다는 거야?"

앨리스가 이렇게 묻고서 머릿속으로 계속 생각하는 동안 생쥐는 이야기를 늘어놓으니, 앨리스가 받아들인 이야기는 이런 모양이야.

"고양이는 집 안에서
　마주친 생쥐한테
　　말했어. '너랑
　　　나랑 법정으로
　　　　가자. 내가 너를

---

8) 이야기를 뜻하는 tale과 꼬리를 뜻하는 tail은 발음이 같아서 앨리스가 혼동했다.

고발할 테니……
이리 와, 거부할 수
없어. 우리는 재판을
받아야 해.
사실 나는
오늘 아침에
할 일이
없거든.'
그래서
생쥐가
고양이한테
말했어.
'고양이님,
재판정에 서도
배심원이 없고
판사가 없으면
헛수고만
하는 겁니다.'
그러자
늙고
교활한
고양이가
말했어.
'내가
판사도
하고
배심원도
하겠어.
내가
모두
심리해서
너한테
사형을
선고하
겠어.'

제대로 안 듣잖아! 왜 딴생각하니?"

생쥐가 호되게 나무라자, 앨리스는 얌전히 말했어.

"미안해. 꼬리가 지금 막 다섯 번째 굽은 거 맞지?"

"아니야(not)!"

생쥐는 벌컥 화내고, 앨리스는 남을 돕는 걸 좋아하는 성격답게 걱정스러운 표정으로 살피며 말했어.

"얽혔어(knot)! 맙소사, 내가 풀어줄게!"[9]

"그런 게 아니라고!"

생쥐가 소리치더니, 벌떡 일어나서 떠나며 덧붙였어.

"말도 안 되는 소리로 날 욕보이다니!"

앨리스는 당황하며 간청했어.

"그런 게 아니야! 너는 툭하면 화부터 내는구나!"

그래도 생쥐는 잔뜩 화난 소리만 뱉어내며 멀어지고, 앨리스는 계속 불렀어.

"제발 돌아와서 마저 이야기해!"

다른 동물도 모두 합창했어.

"그래, 제발!"

하지만 생쥐는 잔뜩 화나서 머리를 절레절레 저으며 걸음을 재촉했지. 그러다가 시야에서 완전히 사라지는 순간에 앵무새가 탄식하며 말했어.

"그냥 가다니, 정말 안타까워!"

그러자 늙은 게는 좋은 기회라 생각하고 어린 딸에게 말했어.

"아, 사랑하는 딸! 성질부리면 안 된다는 교훈으로 삼으렴!"

그러자 어린 딸이 짜증 난 어투로 대답했어.

---

9) not과 knot 발음이 똑같아서 앨리스가 착각했다.

"그만 좀 하세요, 엄마! 아무리 얌전한 굴(oyster)이라도 엄마 잔소리는 못 견딜 거예요!"

"다이나가 여기에 있으면 좋겠어. 그럼 눈 깜짝할 사이에 잡아 올 테니까!"

앨리스가 커다랗게 말했어, 특별한 대상도 없이. 그러자 앵무새가 물었지.

"다이나가 누군지 물어도 괜찮을까?"

앨리스는 열심히 대답했어. 애완 고양이 말만 나와도 절로 신나거든.

"다이나는 우리 고양이야. 생쥐를 잡는 실력이 얼마나 대단한지 몰라! 게다가, 아! 새를 쫓아가서 낚아채는 모습을 너희가 본다면! 아아! 조그만 새는 단번에 먹어치울 정도야!"

이 말에 모든 동물이 크게 흔들렸어. 새란 새는 단번에 도망갔지. 늙은 까치 한 마리는 몸을 조심스레 감싸면서 '이제 집에 가야겠군. 밤공기는 목구멍에 해롭거든!'이라 말하고, 카나리아는 덜덜 떨리는 목소리로 새끼들에게 '어서 가자, 얘들아! 이제 너희 모두 잠자리에 들 시간이란다!'라고 말하는 식으로, 이런저런 핑계를 둘러대면서 모두 사라지니, 결국 앨리스만 남았지. 그래서 울적한 목소리로 혼자 중얼거렸어.

"다이나 얘기를 꺼내지 말걸 그랬어! 아무도 다이나를 좋아하지 않는 것 같아, 여기에서는. 세상에서 가장 훌륭한 고양이가 분명한데도! 아, 보고 싶은 다이나! 널 다시 볼 수 있을지 모르겠구나!"

가엾게도 앨리스는 다시 눈물을 터트렸어. 너무 외롭고 너무 쓸쓸했거든. 그런데 타박타박 걷는 소리가 멀리서 다시 조그맣게 일어나는 거야. 앨리스는 간절한 마음으로 고개를 들고 그쪽을 쳐다보았어.

생쥐가 마음을 바꿔서 마저 이야기하러 돌아오는 소리면 좋을 것 같았거든.

4. 토끼가 '조그만 빌'을 보내다

하얀 토끼가 다시 천천히 돌아오면서 이리저리 초조하게 살피는데, 뭔가 중요한 물건을 잃어버린 것 같았어. 이렇게 혼자 중얼거리는 소리도 들리고.

"공작 부인! 공작 부인! 아아, 어쩌면 좋담! 아아, 어쩌면 좋담! 공작 부인이 나를 처형할 게 족제비는 족제비인 것처럼 확실해! 내가 도대체 그것을 어디다 떨어뜨렸을까?"

앨리스는 하얀 토끼가 큼직한 부채와 하얀 양가죽 장갑을 찾는 걸 단번에 알아채고 착한 아이답게 함께 찾는데, 어디에도 없는 거야. 웅덩이에서 헤엄친 이후로 모든 게 바뀐 것 같아. 널찍한 복도도, 유리 탁자와 조그만 문도 완전히 사라졌거든.

앨리스가 이리저리 열심히 찾는데 토끼가 단번에 알아채고 잔뜩 화내며 소리쳤어.

"아니, 메리 앤,[10] 도대체 여기서 뭘 하는 거야? 집으로 당장 달려가서 장갑이랑 부채를 가져오라고! 빨리, 당장!"

앨리스는 어찌나 무서운지 토끼가 가리키는 방향으로 단숨에 달려갔어, 사람을 잘못 봤다는 말조차 못 하고.

"토끼가 나를 하녀로 착각했어. 내가 다른 사람이란 걸 알면 얼마나 놀랄까! 하지만 부채랑 장갑을 가져다주는 게 좋겠어…… 제대로 찾는다면."

앨리스가 혼자 중얼대며 달리는데, 아담한 집이 한 채 나오는 거야. 대문에서 번쩍이는 황동 문패에는 '하얀 토끼'라는 이름까지 새겨넣고. 앨리스는 똑똑 두드리지도 않고 대뜸 들어가서 계단을 황급히 올랐어. 진짜 메리 앤이 나타나서 부채랑 장갑을 찾기도 전에 쫓겨날까 두려웠거든.

"토끼 심부름까지 하다니, 정말 이상해! 다음엔 다이나까지 나한테 심부름시키겠어!"

앨리스는 이렇게 중얼대다, 그럼 어떤 일이 벌어질까 상상했어.

"'앨리스 아가씨! 당장 이리 와서 준비하고 산책가세요!'

'금방 가요, 유모! 하지만 다이나가 돌아올 때까지 쥐구멍을 지켜서 생쥐가 도망가지 못하게 해야 해요.' 하지만 사람에게 이런 식으로 명령하면 우리 가족이 다이나를 집 안에 안 둘 거야!'

이러는 사이에 아담하고 깨끗한 방으로 들어서는데, 창가에 탁자가 있고, 탁자에는 (앨리스가 바라던 대로) 조그맣고 하얀 장갑 두세 켤레와 부채 하나가 있어. 장갑 한 켤레와 부채를 집어서 밖으로 나오려는데, 거울 옆에 세워놓은 조그만 병이 살짝 보이는 거야. 이번에는 '나를 마셔요'라고 적힌 종이쪽지가 없지만, 그래도 앨리스는 뚜껑을 열어서 입술에 대며 중얼댔어.

---

10) 당시 영국에서 '메리 앤'은 하녀를 뜻한다.

"내가 무얼 먹거나 마실 때마다 흥미진진한 일이 일어나는 게 확실해. 그러니 이걸 마시면 어떻게 되는지 알아보자. 몸뚱이가 다시 커지면 좋겠어. 조그만 몸뚱이로 지내는 건 이제 지겨워!"

정말로 그랬어, 그것도 예상보다 훨씬 빠르게. 병을 절반도 안 마셨는데 머리가 천장에 눌려서 목이 부러질 것 같아 재빨리 숙여야 했거든. 앨리스는 병을 황급히 내려놓으며 중얼거렸어.

"이만하면 충분해…… 더 안 자라면 좋겠어…… 이러면 문을 빠져나갈 수 없어…… 너무 많이 마시지 않는 건데 그랬어!"

아아! 지금 후회하는 건 너무 늦었어! 몸뚱이는 늘어나고 또 늘어나, 급기야 바닥에 무릎을 꿇어야 하더니, 다음 순간에는 그럴 공간조차 없어서 한쪽 팔꿈치를 방문에 대고 다른 팔로 머리를 감싼 채 그대로 누웠어. 그런데도 몸뚱이가 계속 늘어나 마지막 수단으로, 한쪽 팔은 창문 밖으로 내밀고 한쪽 발은 굴뚝으로 집어넣으며 중얼거렸어.

"더는 어쩔 수 없어, 무슨 일이 벌어져도. 이제 나는 어떻게 될까?"

다행히도 조그만 마법 약병은 효력을 다하고 늘어나던 몸뚱이도 멈추었어. 그래도 아주 불편한 데다, 밖으로 나갈 가능성은 조금도 없는 것 같아서 정말 답답했지.

'집에 있을 때가 훨씬 좋았어, 몸뚱이가 툭하면 늘었다 줄었다 하지도 않고 생쥐나 토끼가 이래라저래라 명령하지도 않고. 토끼굴로 안 들어가는 건데 그랬어…… 하지만…… 하지만 정말 신기해, 이렇게 사는 건! 앞으로 어떤 일이 일어날까 궁금해! 예전에 동화책을 읽을 때만 해도 이런 일은 절대로 안 일어난다고 생각했는데, 지금 여기에서 실제로 겪잖아! 내가 겪은 일을 책으로 쓰겠어, 꼭! 다 자라면 내 손으로 쓸 거야…… 그런데 지금 다 자란 거잖아.'

앨리스는 가만히 생각하다 슬픈 어투로 덧붙였어.

"최소한 여기는 더 자라날 공간이 없어."

그러다가 다시 생각했어.

'그렇다면 나이를 더 안 먹는 건가? 그럼 정말 좋겠어, 한 가지는…… 할머니로 늙지 않으니까…… 하지만…… 늘 공부해야 하잖아! 아, 이건 정말 싫어!'

그러다가 스스로 대답했어.

"어이쿠, 멍청한 앨리스! 여기에서 어떻게 공부하겠니? 너 혼자 있을 공간도 모자란데, 공부하는 책을 어디에 놓겠냐고!"

앨리스는 한쪽에서 말하고 다른 쪽에서 대답하는 식으로 대화하는데, 바깥에서 목소리가 들려 입을 다물고 가만히 들었어.

"메리 앤! 메리 앤! 당장 장갑을 가져와!"

목소리가 소리치더니, 계단을 토닥토닥 오르는 소리가 조그맣게 들리는 거야. 앨리스는 토끼가 자신을 찾아서 올라온다고 확신하곤 덜덜 떠는 바람에 건물 전체가 흔들렸어. 이제 토끼보다 천 배는 커서 더는 두려워할 이유가 없다는 걸 깜빡 잊은 거야.

곧이어 토끼가 다가와서 방문을 열려고 하는 거야. 안쪽으로 밀어야
하는데, 앨리스 팔꿈치가 꼭 누르니 아무리 애써도 안 열렸지. 그러자
토끼는 "그렇다면 뒤로 돌아가서 창문으로 들어가야겠군" 하고 중얼대
는 거야. 앨리스는 '그럴 순 없지'라 생각하고 가만히 기다리다가 토끼
가 창문 밑에 막 도착한 것 같을 때 한 손을 갑자기 펼쳐서 공중을
낚아챘어. 손에 잡힌 건 없지만, 비명을 조그맣게 내지르는 소리와
함께 밑으로 떨어지는 소리랑 유리가 와장창 깨지는 소리를 듣고, 토끼
가 오이 온실 같은 곳으로 떨어진 것 같다고 생각했어.
  그러더니 잔뜩 화난 토끼 목소리가 다시 들리는 거야.
  "팻! 팻! 어디에 있니?"

그러자 생전 처음 듣는 목소리가 대답했어.

"당연히 여기에 있지요! 사과를 파내는 중이에요, 주인님!"

"사과를 파낸다니, 맙소사! 이리 와! 당장 와서 나를 꺼내라고!"

토끼는 잔뜩 화나서 소리치고, 유리 깨지는 소리는 다시 일어났어.

"어서 말해, 팻, 저 창문에 있는 게 뭐지?"

"당연히 파알이지요, 주인님."

팻은 팔을 "파알"이라고 발음했어.

"팔이라니, 멍청한 놈! 저렇게 커다란 팔이 어디에 있다고 그래? 창문을 가득 메웠잖아!"

"당연히 그러네요, 주인님? 하지만 아무리 그래도 파알이에요."

"으음, 저기에 팔이 있을 까닭은 없다고, 조금도. 당장 가서 치워 버려!"

그런 다음에 오랜 침묵이 흐르고, "당연히 나는 그러고 싶지 않네요, 주인님, 조금도!" "내가 시킨 대로 해, 겁쟁이야!"하는 소리만 간혹가다 조그맣게 들리는 거야. 앨리스는 손을 다시 펼쳐서 공중을 낚아챘어. 이번에는 비명을 조그맣게 내지르는 소리가 두 번 들리고, 유리 깨지는 소리도 다시 들렸어.

'오이 온실이 많은 모양이야! 저들이 이번엔 어떻게 나올지 궁금하군! 나를 창문에서 잡아빼겠다면, 나로서도 바라는 바야! 한시바삐 벗어나고 싶거든!'

앨리스는 이렇게 생각하고 가만히 기다리는데, 한동안 아무 소리도 안 들리더니, 결국에는 조그만 수레가 덜커덩덜커덩 다가오는 소리와 함께 여러 목소리가 왁자지껄 대는 거야. 이런 소리였어.

"다른 사다리는 어디에 있지?······나는 하나만 가져왔어. 또 하나는 빌한테 있어······빌! 이리 가져와, 꼬마!······자, 여기 구석에 세워······

아니야, 두 개를 하나로 묶으라고……그래도 절반 높이밖에 안 돼……
아! 충분하니까, 유별나게 굴지 마……자, 빌! 밧줄을 잡아……지붕이
견딜까?……기와가 느슨하니까 조심해……맙소사, 기와가 떨어진다!
아래쪽, 머리 조심해!"

우당탕.

"아니, 누가 저런 거야?……빌이 그런 것 같아……굴뚝을 누가 내려
가지?……싫어, 나는! 네가 내려가!……내려가는 건 나도 싫어! 빌을
내려보내……어서, 빌! 주인님이 너한테 굴뚝을 내려가래!"

'아! 그럼 빌이 굴뚝으로 내려오는 건가? 저들은 일만 생기면 빌한테
덮어씌우는 것 같아! 나라면 무슨 일이 있어도 빌처럼 당하지 않아.
벽난로가 좁긴 하지만 발로 내찰 순 있겠어!'

앨리스는 이렇게 생각하고 굴뚝 밑으로 발
을 최대한 뻗은 채 가만히 기다리다, (앨리스
로서는 종류조차 추측할 수 없는) 조그만 동물
이 굴뚝에서 벽을 긁으며 내려오는 소리가 들
리는 순간 "빌이 오는군" 하고 중얼대며 매섭
게 내찬 다음, 결과가 어떤지 보려고 가만히
기다렸어.

제일 먼저 들린 건 "저기 빌이 날아간다!"며
일제히 외치는 소리, 그다음엔 토끼 목소리가
"빌을 잡아, 너, 울타리 옆!" 하고 말하는 소리,
그다음엔 침묵, 그러다가 왁자지껄 대는 소리
가 일어났어.

"머리를 받쳐……술을 먹여……숨이 안 막
히게……무슨 일이 있었던 거야, 꼬마? 어떻

게 된 거야? 자세히 말해!"

마침내 힘없이 끽끽대는 소리가 조그맣게 일어나, 앨리스는 '빌 목소리'라고 생각했어.

"으음, 나도 모르겠어…… 고맙지만 그만. 이제 괜찮아…… 하지만 나도 몹시 당혹스러워서 뭐라고 말할 수 없어…… 내가 아는 건 무언가 도깨비 상자 같은 게 불쑥 튀어나와서 내가 공중으로 솟구쳤다는 거야!"

"그래서 그랬구나, 친구!"

다른 동물이 말하더니, 이번에는 토끼 목소리가 "저 집을 태워 버려야겠어"라고 말하는 거야. 그래서 앨리스는 최대한 커다랗게 말했지.

"그러면 다이나한테 혼내라고 시키겠어!"

그와 동시에 완벽한 침묵이 감돌아, 앨리스는 속으로 생각했어.

'이제 어떻게 할지 궁금하군! 저들이 머리가 있다면 지붕을 뜯어낼 거야.'

이윽고 동물들은 이리저리 움직이고 앨리스는 토끼가 하는 말을 들었어.

"손수레 하나 분량이면 충분해, 우선은."

'손수레 하나 분량 뭐?'

앨리스는 생각했어. 하지만 오랫동안 걱정할 필요는 없었지. 조그만 자갈이 창문으로 소나기처럼 우당탕 날아들어, 일부는 앨리스 머리를 때렸거든.

'저걸 멈춰야 해.'

앨리스는 속으로 생각하곤 커다랗게 소리쳤어.

"두 번 다시 안 던지는 게 좋아!"

그러자 다시 완벽한 침묵이 깔렸지.

앨리스는 방바닥에 떨어진 자갈이 과자로 하나씩 변하는 걸 보고 깜짝 놀랐어. 멋진 생각도 떠올랐지.

'저걸 먹으면 몸뚱이가 변할 게 분명해. 더 늘어날 순 없으니까 조그 맣게 줄어들겠지.'

그래서 과자 하나를 꿀꺽 삼키니, 다행히도 몸뚱이가 곧바로 줄어드는 거야. 앨리스는 방문을 빠져나갈 정도로 몸뚱이가 줄어들자마자 밖으로 곧장 뛰쳐나가니, 조그만 동물과 새가 바깥에 가득한 거야. 불쌍한 도마뱀 빌[11]은 한가운데에 눕고 기니피그 두 마리는 양쪽 옆에서 머리를 받친 채 병에 든 걸 먹이는 중이야. 그래서 앨리스가 나타난 순간에 모든 동물이 달려들었어. 하지만 앨리스는 힘껏 도망쳐서 울창한 숲으로 무사히 피했어. 그래서 숲속을 이리저리 거닐며 속으로 생각했지.

'내가 제일 먼저 할 일은 원래 크기로 돌아오는 거야. 그런 다음에 할 일은 아름다운 정원으로 돌아가는 길을 찾는 거야. 이게 제일 좋은 계획 같아.'

계획 자체는 훌륭할 뿐 아니라 깔끔하고 상쾌해. 문제는 그렇게 할 방법을 조금도 모른다는 거야. 그래서 초조한 눈으로 나무 사이를 살피는데, 매섭게 짖어대는 소리가 바로 머리 위에서 일어나, 앨리스는 황급히 고개를 들고 쳐다보았어.

거대한 강아지가 커다랗고 동그란 눈으로 내려다보며, 앞발 하나를 살며시 내밀어서 앨리스를 만지려고 하는 거야.

"가련한 강아지!"

앨리스는 다정한 어투로 말하며 휘파람을 불려고 애쓰는데, 강아지가 배고플 수 있다는 생각이, 그러면 자신이 아무리 다정하게 굴어도

---

11) 도마뱀 빌은 당시 영국 총리 벤저민을 풍자한 캐릭터다.

단번에 먹어치울 거란 생각이 계속 떠올라 정말 무서웠어.

앨리스는 자신도 모르게 조그만 막대기를 집어서 내밀었어. 그러자 강아지가 좋아서 멍멍 짖어대며 공중으로 펄쩍 뛰어올라 막대기로 달려들며 물려고 하는 바람에 앨리스는 커다란 엉겅퀴 뒤로 재빨리 피해서 강아지에게 깔리는 걸 피했어. 그래서 앨리스가 반대편으로 나타나는 순간에 강아지는 막대기를 다시 깨물려고 급히 달려들다가 그대로 고꾸라지고 말았어. 그걸 보고 앨리스는 짐마차 말이랑 노는 것 같다고 생각하며, 강아지 발에 깔릴 것 같을 때마다 엉겅퀴 뒤로 피하고, 그러면 강아지는 막대기를 물려는 척하면서 앞으로 살짝 다가오다 뒤로 멀찌감치 물러나며 커다랗게 짖어대더니, 결국에는 멀찌감치 떨어져서 바닥에 앉아 혀를 쭉 내밀고 헐떡이며 커다란 눈을 살짝 감는 거야.

도망치기에 정말 좋은 기회 같아. 앨리스는 단번에 몸을 움직여서 힘이 완전히 사라지고 숨이 막힐 때까지 마구 달렸어, 결국에는 강아지 짖어대는 소리가 멀리서 아주 희미하게 들릴 때까지.

앨리스는 잠시 쉬려고 미나리아재비에 등을 기댄 채 나뭇잎 하나로 부채질하며 중얼댔어.

"강아지가 정말 귀엽고 예뻤어! 묘기를 많이 가르치고 싶어, 만일, 만일, 내가 적당한 크기라면! 맙소사! 내가 다시 자라나야 한다는 사실을 깜빡 잊었어! 가만있자…… 어떻게 해야 그럴 수 있을까? 뭔가를 먹거나 마셔야 하는 것 같아. 하지만 정말 커다란 문제는, 그게 뭐냐는 거야!"

맞아, 정말 커다란 문제는 그게 뭐냐는 거야. 앨리스는 주변을 둘러보며 꽃과 풀잎을 이리저리 살피는데, 이런 상황에서 먹거나 마실만 한 건 하나도 안 보이는 거야. 근처에 커다란 버섯이 하나 자라는데, 키가 앨리스랑 비슷해. 앨리스는 그 밑을 살피고 양쪽을 살피고 뒤를 살피더니, 버섯 꼭대기도 살펴야 한다는 생각을 떠올렸어. 그래서 발가락 끝으로 최대한 일어나 버섯 모서리 너머를 살피다, 파란색 커다란 애벌레랑 시선이 마주쳤어. 애벌레는 꼭대기에 앉아서 양쪽 팔을 팔짱 낀 채 기다란 물담배를 조용히 태울 뿐, 앨리스든 누구든 모르는 척했지.

5. 애벌레가 충고하다

애벌레와 앨리스는 한동안 서로를 가만히 쳐다보았어. 마침내 애벌레가 입에서 담뱃대를 빼더니, 졸린 목소리로 늘쩍지근하게 물었지.

"너는 누구냐?"

대화를 시작하기에 바람직한 말은 아니었어. 앨리스가 수줍은 표정으로 대답했거든.

"잘…… 잘 모르겠어요, 선생님, 지금 당장은…… 오늘 아침에 일어날 때만 해도 내가 누군지 알았는데, 나중에 여러 차례 변한 게 분명하거든요."

"무슨 뜻이냐? 자세히 설명하라!"

애벌레가 엄숙하게 말하자, 앨리스는 대답했어.

"저도 잘 모르겠어요. 저는 제가 아니거든요, 선생님도 아시다시피."

"나는 모른다."

애벌레 말에 앨리스는 얌전하게 대답했어.

"더 자세히 설명할 수 없을 것 같아요. 저도 뭐가 뭔지 모르거든요. 하루 사이에 몸뚱이가 늘었다 줄었다 하면 정말 혼란스럽거든요."

"그렇지 않다."

"으음, 선생님은 아직 모르실 수 있어요. 하지만 번데기로 변하고 – 결국엔 그렇게 변하잖아요 – 나비로 변하면 선생님도 기분이 약간 이상할 거예요, 그죠?"

"전혀 안 그렇다."

"으음, 선생님은 저랑 느낌이 다른 것 같네요. 제가 말할 수 있는 건, 저라면 기분이 아주 이상할 거라는 게 전부예요."

"너! 너는 누구냐?"[12]

애벌레가 깔보는 어투로 다시 묻자, 대화는 처음으로 돌아왔어. 앨리스는 애벌레가 너무 짧게 말하는 어투에 약간 짜증 나서 몸을 앞으로 쭉 내밀며 진지하게 말했지.

"제 생각엔 선생님 먼저 누군지 말하는 게 좋겠어요."

"왜?"

이것 역시 어려운 질문이라서 적절한 이유를 떠올릴 수 없는 데다 애벌레 기분이 그리 좋은 편은 아닌 것 같아, 앨리스는 발길을 돌렸어. 그러자 애벌레가 뒤에 대고 소리쳤지.

"돌아와! 말할 게 있으니까!"

그럴싸한 말에 앨리스는 몸을 돌려서 돌아왔어.

"성질 좀 죽여라."

"그게 전부예요?"

앨리스가 물었어. 속에서 치미는 분노를 꾹 눌렀지.

---

12) 앨리스 몸이 계속 변하는 건 인간이란 존재가 끊임없이 흔들리는 걸 상징한다. 여기에 대한 본원적인 질문이 바로 '너는 누구냐?'다.

"아니다."

애벌레 말에 앨리스는 기다리는 게 좋겠다고 생각했어. 어차피 할 일도 없는 데다 애벌레가 중요한 내용을 말할 수도 있거든. 그런데 애벌레는 아무 말 없이 담뱃대만 뻐끔거리다, 마침내 팔짱을 풀고 입에서 담뱃대를 다시 빼내더니, 이렇게 물었어.

"그래, 너는 자신이 여러 차례 변했다고 생각해, 그지?"

"맞아요, 선생님. 예전에 알던 내용도 기억이 안 나요…… 몸뚱이가 늘었다 줄었다 하느라 정신이 없어서요!"

"어떤 게 기억이 안 나지?"

"으음, '꿀벌은 왜 바쁘게 날아다니지'를 읊으려고 했는데 내용이 완전히 딴판이에요!"

앨리스가 대답하는데, 정말 우울한 목소리였어.

"'나이가 많으세요, 아버지 윌리엄'을 읊어보렴."

애벌레가 말하자, 앨리스는 두 손을 공손하게 포개고 읊기 시작했어.

"젊은이가 말했어요.

'나이가 많으세요, 아버지 윌리엄.

머리칼이 하얗게 셌어요.

그런데도 물구나무서기를 끊임없이 하시네요.

아버지 나이에 그래도 괜찮다고 생각하세요?'

아버지 윌리엄이 아들에게 대답했어요.

'내가 젊을 때는 두뇌를 다칠까 두려웠어.

하지만 지금은 두뇌가 하나도 없어서 괜찮아.

그래서 물구나무서기를 하고 또 하는 거야.'

젊은이가 말했어요.

'아까 말한 것처럼 나이가 많으세요, 아버지 윌리엄.

몸도 주체할 수 없을 정도로 뚱뚱하고요.

그런데도 문가에서 뒤로 공중제비 돌기를 하시네요.

그러는 이유가 도대체 무언가요?'

지혜로운 아버지 윌리엄이 하얀 머리칼을 흔들며 대답했어요.

'내가 젊을 때는 팔다리가 정말 유연했어.

연고를 발라서 그런 거야…… 한 통에 일 실링……

너도 두어 통 안 사겠니?'

젊은이가 말했어요.

'아버지는 나이가 많으세요, 잇몸이 물러서

비계보다 질긴 건 드실 수 없다고요.

그런데도 거위 한 마리를 뼈랑 부리까지 통째로 드셨어요.

도대체 그걸 다 어떻게 드셨나요?'

지혜로운 아버지 윌리엄이 하얀 머리칼을 흔들며 대답했어요.

'내가 젊을 때는 재판정에 불려가서

너희 어머니랑 사사건건 다퉜단다.

그래서 입에 근육이 생겨

씹는 힘이 평생토록 좋더구나.'

젊은이가 말했어요.

'아버지는 나이가 많아서 두 눈이 예전처럼

잘 보인다고 생각하는 사람이 거의 없을 거예요.

그런데도 콧잔등 끝에다 장어를 똑바로 세우네요.

솜씨가 어떻게 그리도 좋은 거예요?'

아버지가 대답했어요.

'세 가지 질문에 모두 답했으니, 그거로 충분하다.

너무 잘난 척하지 말렴!

너는 내가 그런 말을 온종일 들어주리라 생각했니?

어서 꺼져, 안 그러면 계단 밑으로 차버릴 테니까!'"

"내용이 틀렸어."

애벌레가 말하자, 앨리스는 부끄러운 표정으로 대답했어.

"네, 완전히 틀린 것 같아요. 일부가 달라요."

"처음부터 끝까지 모조리 달라."

애벌레가 단호하게 말하자, 한동안 침묵이 흘렀어.

결국에는 애벌레가 입을 먼저 열었지.

"너는 몸뚱이가 얼마나 크길 원하느냐?"

앨리스는 황급히 대답했어.

"아, 중요한 건 크기가 아니에요. 툭하면 변하는 게 싫은 거예요, 선생님도 아시다시피."

"나는 모른다."

애벌레 말에 앨리스는 아무런 대답도 안 했어. 지금까지 살아오면서 이렇게 툭하면 반박하는 말은 들어본 적이 없는 터라 분노가 치솟았거든.

"지금 만족하니?"

애벌레가 묻자, 앨리스는 대답했어.

"으음, 조금 더 크면 좋겠어요, 실례가 안 되길 바라는데, 키가 팔 센티미터밖에 안 되는 건 너무 비참하잖아요."

"그 정도면 딱 좋은 키야!"

애벌레가 벌컥 소리치며 똑바로 일어서는데, 키가 딱 팔 센티미터야. 그래서 앨리스는 가련하고 불쌍한 어투로 사정했어.

"하지만 저는 이런 키에 익숙하지 않아요!"

그리고 속으로 생각했지.

'누구든 너무 쉽게 화내는데, 그러지 않으면 좋겠어!'

"시간이 지나면 익숙할 거야."

애벌레가 말하더니, 담뱃대를 입에 넣고 다시 뻐끔거렸어.

이번에는 앨리스도 애벌레가 다시 말할 때까지 꾹 참으며 기다렸어. 그렇게 일이 분 정도가 지나자 애벌레는 입에서 담뱃대를 빼내고 한두 차례 하품하더니, 몸을 이리저리 흔들었어. 그러다가 버섯 꼭대기에서 내려와 풀숲 사이로 기어가며 말하는 거야.

"한쪽은 몸이 늘어나고 다른 쪽은 몸이 줄어든다."

'어느 한쪽? 어느 다른 쪽?'

앨리스가 속으로 생각하는데, 애벌레는 그 소리를 듣기라도 한 듯 "버섯"이라 대답하고 순식간에 사라졌어.

앨리스는 버섯을 물끄러미 바라보며 버섯 양쪽이 어딘지 알아보려는데, 완벽하게 둥그런 모양이라서 이것 역시 쉬운 문제가 아니라는 걸 깨달았어. 결국엔 두 팔을 쭉 펴서 버섯을 최대한 감싼 다음에 양쪽 손으로 모서리를 조금 떼어냈어.

"어느 쪽이 어느 쪽일까?"

혼자 중얼대며 오른손에 든 버섯을 살짝 깨무니, 곧바로 턱 밑부분에 강한 충격이 일었어. 턱이 발등에 부닥쳤거든!

앨리스는 너무 갑작스러운 변화에 겁이 덜컥 났지만, 주저할 시간이 없을 것 같았어. 몸이 급하게 줄어들었거든. 그래서 다른 손에 든 버섯을 살짝 깨물려고 했어. 그런데 발등이 턱을 꽉 눌러서 도무지 입을 벌릴 수 없는 거야. 그래도 결국엔 억지로 벌려서 왼손에 든 버섯을 살짝 깨물어 먹었지.

*　　*　　*　　*　　*　　*　　*

*　　*　　*　　*　　*　　*

＊　＊　＊　＊　＊　＊　＊

"아아, 얼굴이 자유롭게 풀려났어!"

앨리스가 기뻐하는 소리를 내지르더니, 순식간에 놀라는 소리로 변했어. 어딜 봐도 어깨가 안 보였거든. 눈에 보이는 거라곤, 고개를 숙이니, 밑으로 까마득하게 펼쳐진 녹색 바다랑 그 사이로 기다란 줄기처럼 솟아오른 목이 전부야.

"저 녹색 바다는 도대체 무얼까? 그리고 내 어깨는 도대체 어디로 갔을까? 게다가, 아, 가련한 두 손은 도대체 왜 안 보이는 걸까?"

앨리스가 중얼대며 두 손을 움직이는데, 아무런 변화도 없는 것 같았어. 까마득한 아래쪽에서 녹색 잎사귀 일부가 살짝 흔들리는 게 전부야.

두 손을 머리로 올릴 방법이 없을 것 같아서 앨리스는 두 손이 있는 곳으로 머리를 숙이려는데, 다행히도 목이 어떤 방향으로든 편하게 구부러지는 거야, 뱀처럼. 그래서 지그재그로 우아하게 구부리며 밑으로 숙여서 잎사귀 사이로 넣어, 나뭇잎 아래는 자신이 조금 전까지 헤매던 숲이란 사실을 깨닫는 순간, 쉭쉭 대는 소리가 날카롭게 일어나서 앨리스는 머리를 황급히 들었어. 커다란 비둘기 한 마리가 얼굴로 날아들며 양쪽 날개로 매섭게 공격하는 거야. 그러면서 소리쳤지.

"나쁜 뱀!"

앨리스는 불끈 화내며 대답했어.

"나는 뱀이 아니야! 때리지 말라고!"

"너는 나쁜 뱀이 분명해."

비둘기가 다시 말했어. 하지만 사나운 어투는 많이 가라앉더니, 흐느끼는 목소리로 덧붙였지.

"지금까지 모든 방법을 다 썼는데도 소용이 없는 것 같아!"

"지금 무슨 말을 하는 건지 도무지 모르겠어."

앨리스가 말해도, 비둘기는 못 들은 척하면서 계속 흐느꼈어.

"나무뿌리에도 둥지를 틀고 강둑에도 둥지를 틀고 산울타리에도 둥지를 틀었지만, 나쁜 뱀이 가득하다고! 도무지 피할 방법이 없다고!"

앨리스는 무슨 말인지 도무지 이해할 수 없지만, 비둘기가 계속 말하는 사이로 끼어드는 건 아무런 소용이 없다고 생각했어.

"알을 품는 것만 해도 힘들어 죽겠는데, 밤낮으로 쳐들어오는 뱀까지 감시해야 한다고! 아아, 삼 주 내내 잠을 한숨도 못 잤다고!"

"그렇게 힘들었다니, 정말 안타까워."

앨리스가 위로했어. 이제 비로소 무슨 말인지 알아들은 거야. 하지만 비둘기는 목소리를 날카롭게 키우며 계속 소리쳤지.

"그래서 숲에서 제일 높다란 나무에 이제 막 둥지를 틀었는데, 그래서 마침내 뱀한테 벗어났다고 생각했는데, 이번에는 하늘에서 꿈틀꿈틀 내려오다니! 웩, 나쁜 뱀!"

"하지만 나는 뱀이 아니라고 했잖아! 나는…… 나는……"

"그래? 그럼 너는 누군데? 거짓말하려고 애쓰는 거 다 보인다고!"

"나는…… 나는 여자아이야."

앨리스가 대답하는데, 의심스러운 어투야. 그날 하루 동안 자신이 여러 차례 변한 사실이 떠올랐거든.

그러자 비둘기는 정말 경멸스럽다는 어투로 소리쳤어.

"거짓말이 그럴듯하군! 여자아이를 숱하게 보았지만, 목이 이렇게 기다란 아이는 없었다고! 거짓말, 거짓말! 너는 나쁜 뱀이야. 부인해도 소용없어. 이제 알을 먹은 적이 없다는 말까지 늘어놓겠구나!"

하지만 앨리스는 솔직한 아이라서 정직하게 대답했어.

"알은 많이 먹었어. 하지만 여자아이는 알을 뱀처럼 많이 먹는다고."

"못 믿겠어. 하지만 네 말이 진짜라면, 여자아이랑 뱀이랑 다른 게 뭐야?"

매서운 질문에 앨리스가 입을 꾹 다물고 곰곰이 생각하니, 비둘기는 기회를 안 놓치고 덧붙였어.

"너는 알을 찾는 거야. 척 보면 안다고. 네가 여자아이든 뱀이든 나한테 무슨 차이가 있겠니?"

비둘기가 나무라는 말에 앨리스는 황급히 대답했어.

"나한텐 차이가 정말 커. 게다가 나는 실제로 알을 찾는 게 아니야. 설사 알을 찾는 중이더라도 네 알은 싫어. 날것은 안 먹거든."

"으음, 그럼 당장 꺼져!"

비둘기가 잔뜩 화나서 소리치더니, 둥지로 날아가 앉았어. 앨리스도 최선을 다해서 나무 사이로 웅크리며 앉았어. 목이 걸릴 때마다 나뭇가지를 풀어야 했거든. 그러다가 두 손에 버섯 조각이 그대로 있다는 기억을 떠올리곤, 한쪽과 다른 쪽을 번갈아 조금씩 조심스럽게 깨물어, 키가 늘어나기도 줄어들기도 하더니, 마침내 원래 키로 돌아오는 데 성공했어.

원래 키로 돌아온 건 정말 오랜만이라, 처음에는 정말 이상하더니, 나중에는 완전히 적응하고 평소처럼 중얼거렸지.

"그래, 절반은 성공한 거야! 툭하면 늘어나고 줄어들어서 정말 힘들었어! 어느 순간에 어떻게 변할지 몰랐다고! 하지만 원래 크기로 돌아왔으니, 이제 아름다운 정원으로 돌아가면 돼. 그런데 어떻게 돌아가지?"

앨리스가 이렇게 말하는데 갑자기 공터가 나오더니, 높이 1m가 약간 넘는 집도 한 채 보이는 거야.

'저 집에 누가 살든, 내 키가 이러면 도움이 안 될 거야. 나를 보고

무서워서 넋이 달아날 테니!'

앨리스는 이렇게 생각하고 오른손에 든 버섯을 살짝 씹어서 키를 20cm로 줄인 다음에 집으로 다가갔어.

6. 돼지와 후추

앨리스는 집을 가만히 바라보며 앞으로 어떻게 하나 궁리하는데, 복장을 제대로 갖춘 하인 한 명이 (앨리스가 하인이라고 생각한 건 복장 때문이야, 얼굴로 판단했다면 생선인 줄 알았을 거야) 숲에서 갑자기 뛰쳐나와 두 손으로 문을 쾅쾅 때렸어. 문을 연 건 복장을 제대로 갖춘 또 다른 하인인데, 얼굴은 동그랗고 두 눈은 개구리처럼 커. 두 하인 모두 얼굴을 뒤덮은 곱슬머리 가발에 하얀 분가루를 잔뜩 뿌렸지. 도대체 무슨 일인지 궁금한 나머지 앨리스는 숲 모서리로 살며시 기어가서 엿들었어.

생선 얼굴 하인이 팔꿈치 밑에서 자신만큼이나 커다란 편지를 꺼내더니, 그걸 상대편에게 넘기며 엄숙한 어투로 "공작 부인께 보냅니다. 여왕님께서 크로케 경기를 하자고 초대하는 겁니다" 하고 말했어. 개구리 얼굴 하인은 똑같이 엄숙한 어투로 단어만 살짝 바꿔서 대답하고.

"여왕님께서 보냅니다. 공작 부인께 크로케 경기를 하자고 초대하는

겁니다."

　그리고 둘 다 허리를 나지막이 숙이며 인사하다 곱슬머리 가발이
한데 엉키는 거야. 앨리스는 그 모습에 폭소가 터져서 들킬까 걱정스러
워 숲속으로 재빨리 물러났어. 그러다가 다시 내다보니, 생선 얼굴
하인은 이미 사라지고 다른 하인 한 명만 문 앞 바닥에 앉아서 하늘을
멍하니 쳐다보는 거야.

　앨리스는 문 앞으로 살며시 다가가서 똑똑 두드렸어. 그러자 하인이
말하더군.

　"똑똑 두드리는 건 소용없어. 이유는 두 가지야. 첫째, 내가 너랑

마찬가지로 문 이쪽에 있다는 거, 둘째, 저 안이 너무 시끄러워서 네가 두드리는 소리를 아무도 못 듣는다는 거."

실제로 안에서 엄청나게 시끄러운 소리가 일어났어. 끊임없이 울부짖는 소리와 재채기 소리, 가끔은 쨍그랑 소리도 일어나는 게 접시나 주전자가 깨지는 것 같았어.

"그러면 안으로 어떻게 들어가니?"

앨리스가 묻는데, 하인은 못 들은 척하면서 자기 얘기만 했어.

"문을 두드리는 것도 의미는 있겠지, 우리 사이에 문이 있다면. 가령, 네가 안에서 두드린다면 내가 밖에서 열어줄 수 있으니까."

하인은 이렇게 말하는 동안에도 하늘만 올려다보고, 앨리스는 하인이 예의라곤 하나도 없다고 생각하면서 속으로 중얼댔어.

"하지만 그럴 수밖에 없을 수도 있어. 두 눈이 머리 꼭대기에 달렸으니까. 그래도 질문에는 대답해야 하잖아…… 안으로 어떻게 들어가니?"

앨리스가 다시 커다랗게 묻자, 하인이 대답했어.

"난 여기에 그대로 있을 거야, 내일까지……"

그 순간, 문이 활짝 열리면서 커다란 접시가 하인 머리로 곧장 날아가더니, 콧잔등을 살짝 스치면서 뒤편 나무에 부닥쳐 와장창 깨지고, 하인은 아무 일 없다는 듯 똑같은 어투로 계속 말했어.

"……어쩌면 모레까지."

"안으로 어떻게 들어가니?"

앨리스가 다시 물었어, 훨씬 커다란 목소리로.

그러자 하인이 되물었어.

"꼭 들어가야 하니? 문제가 정말 심각하구나."

정말 그랬어. 하지만 앨리스는 그 말이 싫어서 속으로 중얼댔지.

'여기는 누구나 꼬치꼬치 캐묻는 방식이 정말 끔찍해. 머리가 돌아

버릴 지경이야!'

하지만 하인은 자신이 내용만 살짝 바꿔서 다시 말할 기회로 여기는 것 같았어.

"나는 여기에 있을 거야, 앉았다 일어났다, 며칠이고."

"그럼 나는 어떻게 해야 하니?"

"무엇이든 하고 싶은 대로."

하인이 말하고 휘파람을 불자, 앨리스는 절망하며 속으로 중얼댔어.

'아, 저 하인이랑 말하는 건 아무런 소용도 없어, 정말 완벽하게 멍청해!'

그리곤 문을 열어서 안으로 들어갔어. 곧바로 커다란 부엌이 나오는데, 끝에서 끝까지 연기로 가득해. 공작 부인은 한가운데서 다리 세 개짜리 걸상에 앉아 아기를 돌보고, 요리사는 화력을 굽어보며 커다란 냄비를 젓는데, 수프가 가득한 것 같았어.

'수프에 후추를 너무 많이 넣은 게 분명해!'

앨리스는 속으로 중얼거리다가 재채기했어.

공기 중에 후추가 정말 많은 게 분명해. 공작 부인도 가끔 재채기하고, 아기 역시 끊임없이 재채기하며 울어댔거든. 부엌에서 재채기를 안 하는 유일한 대상은 요리사, 그리고 커다란 고양이야. 난롯가에 앉아서 입이 양쪽 귀에 걸릴 정도로 씩 웃는 고양이.

"저 고양이가 저렇게 씩 웃는 이유를 알려주실 수 있나요?"

앨리스가 약간 소심하게 물었어. 공작 부인에게 먼저 말하는 게 예의에 어긋난 건 아닌지 걱정스러웠거든.

"저건 체셔 고양이라서 저러는 거야. 돼지야!"

공작 부인이 말하는데, 마지막 한 마디를 갑자기 소리쳐서 앨리스는 깜짝 놀랐어. 하지만 그건 앨리스 자신이 아니라 아기에게 한 말이라는

걸 곧바로 깨닫곤, 용기를 내서 다시 말했어.

"체셔 고양이는 언제나 씩 웃는다는 걸 미처 몰랐네요. 사실, 저는 고양이가 씩 웃을 수 있다는 사실조차 몰랐답니다."

"고양이는 누구나 웃어, 대부분 웃어."

공작 부인이 말하자, 앨리스는 정중하게 대답했어. 대화를 시작할 수 있다는 게 정말 기뻤거든.

"저는 고양이가 그런다는 걸 몰랐어요."

"너는 모르는 게 많아. 정말 많아."

공작 부인이 말하자, 앨리스는 어투가 마음에 안 들어, 대화 주제를 바꾸는 게 좋겠다고 생각했어. 그래서 어떤 주제가 좋을까 곰곰이 생각하는데, 요리사가 수프 냄비를 화덕에서 내려놓더니 어떤 물건이든 손에 잡히는 대로 집어서 공작 부인과 아기에게 마구 던지는 거야……

부젓가락과 부지깽이와 부삽부터. 그러더니 냄비와 접시와 그릇을 소낙비처럼 내던졌어.

공작 부인은 물건이 날아와서 몸뚱이를 때려도 모른 척하고, 아기는 애초에 커다랗게 울부짖던 터라 물건에 맞아서 우는 건지 아닌지 조금도 구분할 수 없었어.

하지만 앨리스는 무서워서 펄쩍펄쩍 뛰며 소리쳤지.

"아, 지금 무슨 일이 벌어지는지 제발 신경 좀 쓰세요! 아, 소중한 아기 코로 날아가잖아요."

커다란 냄비가 아기 코를 때릴 듯 날아오다 살짝 비껴가고, 공작 부인은 험악한 목소리로 소리쳤어.

"모든 사람이 자기 일에만 신경 쓴다면 세상은 지금보다 훨씬 잘 돌아갈 거야."

앨리스는 자신이 아는 걸 자랑할 기회가 와서 기뻐하며 말했어.

"그래도 좋을 건 하나도 없어요. 그렇게 되면 낮과 밤이 어떻게 될지 생각해 보세요! 지구는 24시간 돌아가니, 자전축(axis)에서……"

"도끼(axes) 얘기가 나온 김에, 저 아이 머리를 잘라버려!"[13]

앨리스는 무슨 뜻으로 한 말인지 알아보려고 걱정스러운 눈으로 힐끗거렸으나, 요리사는 수프만 열심히 저을 뿐 아무 말도 안 듣는 것 같아, 다시 말했어.

"24시간이 맞는 것 같은데, 아니, 12시간인가? 저는……"

"맙소사, 괴롭히지 마. 나는 숫자 같은 거 모르니까!"

공작 부인이 대뜸 말하더니, 아기를 다시 달래며 자장가 같은 걸 불러주는데, 한 소절이 끝날 때마다 험하게 흔들었어.

---

13) axis와 axes는 발음이 똑같다.

아가가 재채기할 때마다
야단치고 때려.
아가는 귀찮게 하려고 그러는 거야.
그럼 짜증 난다는 걸 알거든.

합창
(요리사와 아기도 함께 부른다)
와우! 와우! 와우!

공작 부인은 2절을 부르며 아기를 연달아서 공중으로 힘껏 던지고 불쌍한 아기는 힘껏 울부짖어, 앨리스는 가사를 거의 못 들었어.

나는 아기한테 엄하게 말해.
재채기할 때마다 때리고.
아기는 기분이 정말 좋아야
후추를 마음껏 먹거든!

합창
와우! 와우! 와우!

"자, 받아! 아기를 조금만 돌봐, 괜찮다면!"
공작 부인이 말하곤, 앨리스에게 아기를 던지며 덧붙였어.
"나는 이제 준비하고, 여왕이랑 크로케를 하러 가야 하거든."
그러더니 밖으로 황급히 나가, 요리사가 프라이팬을 힘껏 던졌지만 아슬아슬하게 빗나갔지.
앨리스는 아기를 간신히 잡았는데, 하나하나가 정말 이상해. 두 팔과 두 다리를 사방으로 내뻗은 게 '꼭 불가사리 같다'는 생각이 들었거든. 게다가 앨리스가 잡는 순간부터 콧김을 증기기관차처럼 거칠게 내뿜으며 몸을 끊임없이 꿈틀거려, 처음에는 아기를 붙잡는 자체가 힘들었어.

하지만 앨리스는 제대로 돌보는 방법을 (매듭을 묶듯 아기 몸뚱이를 비튼 다음, 오른쪽 귀와 왼쪽 발을 단단히 붙잡아서 꼼짝 못 하게 하는 방법을) 곧바로 깨닫고, 아기를 밖으로 데려갔어. 이렇게 생각한 거야.

'아기를 멀리 데려가지 않으면 하루 이틀 사이에 사람들이 죽일 거야. 그런데도 그대로 놔두고 떠나는 건 살인이나 마찬가지 아닐까?'

앨리스가 마지막 말을 커다랗게 뱉어내자, 아기가 꿀꿀거리며 대답했어. 그래서 앨리스가 말했지.

"꿀꿀대지 마. 그건 제대로 말하는 방식이 아니야."

그런데도 아기가 다시 꿀꿀거려, 앨리스는 도대체 뭐가 문제인지 알아보려고 걱정스러운 시선으로 얼굴을 쳐다보았어. 그런데 코가 완전히 들창코야. 사람 코가 아니라 돼지주둥이 같았지. 게다가 두 눈은 아기치고 너무 작아. 한마디로 얼굴 전체가 마음에 안 들었어. '하지만 울어서 그런 거'라 생각하곤 그 눈을 다시 살폈어, 눈물이 있는지 보려고.

아니야, 눈물은 한 방울도 없어. 그래서 앨리스가 진지하게 말했어.

"네가 돼지로 변하겠다면, 아가야, 내가 너한테 해줄 수 있는 건 하나도 없단다. 명심하렴!"

불쌍한 아기가 다시 흐느끼는데 꿀꿀대는 소리랑 도무지 분간할 수 없어서 앨리스는 한동안 말없이 걸었어. 그러면서 '내가 집에 가면 아기를 어떻게 하지?' 하고 곰곰이 생각할 때 아기가 다시 꿀꿀대는데, 소리가 너무 커서 앨리스는 깜짝 놀라, 그 얼굴을 가만히 내려다보았어. 그런데 이번에는 이리 보고 저리 봐도 확실한 거야. 돼지가 분명해. 돼지를 계속 안고 가는 건 어리석다는 느낌마저 들었어.

앨리스는 바닥에 내려놓아, 조그만 돼지가 바삐 뛰어서 숲으로 사라지는 모습을 보니, 큰 시름을 내려놓은 기분이야. 그래서 속으로 중얼댔지.

'저 물건이 인간으로 자란다면 끔찍하게 못생긴 거지만 돼지로 자란다면 정말 잘생긴 거야.'

앨리스는 자신이 아는 아이들 가운데 돼지로 변하는 편이 훨씬 바람직한 아이가 있는지 가만히 생각해, '그 애를 돼지로 바꿀 방법만 안다면……'이라고 속으로 중얼대다, 몇 미터 앞 나뭇가지에 앉아서 기다리는 체셔 고양이를 보고 살짝 놀랐어.

고양이는 앨리스를 보고서 씩 웃을 뿐이야. 성격이 좋아 보였지. 하지만 발톱이 정말 길고 이빨이 날카로운 걸 보고서 앨리스는 조심해야겠다고 느꼈어.

"체셔 고양이야."

앨리스가 조심스럽게 불렀어. 그 이름을 좋아하는지 아닌지 모르거든. 하지만 고양이가 환하게 씩 웃는 걸 보고서 앨리스는 '지금까지는 좋아하는 게 분명해'라 생각하며 이어 말했어.

"내가 어느 쪽으로 가야 하는지 알려
주겠니?"

"그건 네가 가려는 곳이 어디냐에 따
라 달라."

고양이가 말했어.

"나는 어디든 상관없으니……"

앨리스가 말하는데, 고양이가 불쑥
끼어드는 거야.

"그렇다면 어느 쪽으로 가든 상관없
잖아."

"……어디든 나오기만 하면 돼."

앨리스가 마저 설명하자, 고양이가

대답했어.

"당연히 그럴 수밖에, 충분히 오랫동안 걷는다면."

앨리스는 일리가 있는 말 같아서 다른 걸 물었어.

"주변에 누가 사니?"

고양이는 오른발을 흔들며 "저쪽으로 가면 모자장수[14]가 살아" 하더니, 다른 발을 흔들며 "저쪽으로 가면 3월 토끼가 살고 어느 쪽이든 마음대로 찾아가. 둘 다 미쳤으니까"[15] 하고 말했어.

"하지만 미친 상대를 찾아가고 싶은 생각은 없어."

"맙소사, 다른 방법은 없어. 여기는 누구나 미쳤거든. 나도 미치고 너도 미치고."

"내가 왜 미쳤니?"

"당연히 미쳤지. 아니면 여기에 못 오거든."

앨리스는 근거가 불충분하다는 생각에 다시 물었어.

"그럼 너는 왜 미친 거니?"

"강아지는 미치지 않았어. 그건 너도 인정하지?"

"당연하지."

앨리스가 대답하자, 고양이는 계속 말했어.

"으음, 그렇다면, 너도 알다시피, 강아지는 화날 때 으르렁 짖어대고 반가울 때 꼬리를 흔들어. 그런데 나는 반가울 때 짖어대고 화날 때 꼬리를 흔들거든. 그래서 미친 거야."

"가르랑대는 거겠지, 짖어대는 게 아니라."

"마음대로 생각해. 너도 오늘 여왕이랑 크로케 경기를 하니?"

"그러고 싶은 마음은 있지만, 초대를 못 받았어."

"나중에 거기에서 보자."

고양이가 말하고 사라졌어.

앨리스는 조금도 놀라지 않았어. 이상한 일이 일어나는 게 당연했거

---

14) 모자장수는 당시 옥스퍼드에서 유명한 가구상이 모델이다.
15) 작가가 살던 당시에 '모자장수처럼 미치다'와 '3월 토끼처럼 미치다'는 표현이 있었다.

든. 그래서 고양이가 있던 자리를 가만히 쳐다보는데, 고양이가 다시 불쑥 나타나서 묻는 거야.

"아기는 어떻게 됐니? 물어본다는 걸 깜빡 잊었어."

"돼지로 변했어."

앨리스는 차분하게 대답했어, 고양이가 나타난 게 아주 자연스럽다는 듯.

"그럴 줄 알았어."

고양이가 말하고 다시 사라졌어.

앨리스는 잠시 기다렸어. 고양이가 다시 나타날 것 같았거든. 하지만 안 나타나자, 3월 토끼가 산다는 방향으로 발을 가만히 내디디며 속으로 중얼댔어.

'모자장수는 전에 보았어. 3월 토끼가 훨씬 재미있을 거야. 게다가 지금은 오월이니까 미쳐 날뛰지도 않을 거고…… 최소한 3월에 그러는 만큼은.'

이렇게 중얼대다 고개를 드니, 고양이가 다시 나타나서 나뭇가지에 앉아있는 거야.

"아까 돼지라고 했니, 되지라고 했니?"

고양이가 물어서 앨리스는 대답했어.

"돼지라고 했어. 그런데 그렇게 갑자기 사라졌다가 다시 나타나지 않으면 좋겠어. 어지럽거든."

"알았어."

고양이가 말하더니, 이번에는 천천히 사라졌어, 꼬리 끝부터 시작해서 씩 웃는 모습으로 끝나, 고양이가 완전히 사라진 다음에도 웃는 모습이 오랫동안 남았지. 이런 생각이 절로 들었어.

'으음, 고양이가 씩 웃는 모습은 전에도 많이 보았지만, 고양이 없이

씩 웃는 모습만 보이다니! 이렇게 신기한 장면은 생전 처음이야!'[16]

많이 걷지도 않았는데, 3월 토끼네 집이 나타났어. 앨리스는 그 집이 맞는 게 분명하다고 생각했어. 굴뚝은 양쪽에서 토끼 귀처럼 올라가고 지붕은 토끼털로 엮었거든. 집이 커서 앨리스는 가까이 다가가기 전에 왼손에 든 버섯을 조금 물어뜯어 키를 60cm까지 키웠어. 그러고도 조심스럽게 다가가며 속으로 중얼댔어.

'토끼가 미쳐 날뛰면 어떻게 하지? 모자장수나 만나러 갈 걸 그랬어!'

---

16) 고양이가 없으면 고양이가 웃는 모습도 있을 수 없다. 비유클리드 기하학, 추상 대수학, 수학 논리학 등과 같은 추상적인 개념이 묻어나오는 부분이다. 마약에 취한 증세라고 해석하는 비평가도 많다.

7. 정신 나간 다과회

집 앞에 나무가 있는데 그 밑에 식탁을 차려놓고, 3월 토끼와 모자장수가 차를 마시는 거야. 둘 사이에 겨울잠쥐가 있는데 깊이 잠들어, 3월 토끼와 모자장수는 겨울잠쥐가 방석이라도 되는 듯 팔꿈치를 기댄 채 그 머리 너머로 대화했어. 앨리스는 이런 생각이 절로 들었지.

'겨울잠쥐가 정말 불편하겠어. 하지만 깊이 잠들었으니, 신경을 안 쓸 거야.'

식탁이 꽤 널찍한데도 3월 토끼와 모자장수와 겨울잠쥐는 한쪽 구석에 비좁게 앉았다, 앨리스가 다가오는 걸 보고서 "자리가 없어! 자리가 없어!"라고 소리쳤어.

그래서 앨리스는 불끈 화내며 "자리는 많아요!"라고 소리친 다음, 식탁 맞은편 끝으로 가서 커다란 안락의자에 철퍼덕 앉았어.

"포도주를 마셔."

3월 토끼가 권하듯 말해, 앨리스는 식탁을 둘러보는데, 차 말고 아

무엇도 없는 거야. 그래서 말했지.

"포도주가 안 보여요."

"없으니까."

3월 토끼 말에, 앨리스는 화가 치솟았어.

"없는 걸 권하다니, 정말 예의가 없네요."

"초대도 안 받고 자리에 앉다니, 정말 예의가 없군."

3월 토끼도 말했어.

"이게 당신네 식탁인지 몰랐어요. 자리도 넉넉하고."

앨리스가 받아치자, 모자장수도 끼어들었어. 호기심이 가득한 표정
으로 가만히 바라보다 처음 말한 거야.

"머리칼을 잘라야 하겠어."

"개인적인 문제를 말하다니, 예의가 없네요. 정말 무례해요."

앨리스가 신랄하게 말했어. 그러자 모자장수가 눈을 동그랗게 뜨는
데, 입에서 나온 말은 이게 전부야.

"까마귀랑 책상은 무엇이 똑같을까?"[17]

'그래, 수수께끼를 내다니, 정말 다행이야! 이제 재미나겠어!'

앨리스는 가만히 생각하다, 커다랗게 덧붙였어.

"내가 알아맞힐 것 같아!"

그러자 3월 토끼가 물었지.

"네가 답을 찾아낼 것 같다는 뜻이니?"

앨리스가 대답했어.

"당연하지요."

"그렇다면 네가 생각한 걸 말해야지."

3월 토끼가 계속 묻자, 앨리스는 허둥지둥 대답했어.

"말하잖아요, 어차피 내가 말하는 게 내가 생각한 거니…… 똑같은 거라고요."

"하나도 똑같지 않아! 네 말은 '나는 먹는 걸 본다'와 '나는 본 걸 먹는다'가 똑같다는 거라고."

모자장수가 반박하자, 3월 토끼도 거들었어.

"네 말은 '나는 가진 걸 좋아한다'와 '나는 좋아하는 걸 가진다'가 똑같다는 거라고."

"네 말은 '나는 잠잘 때 숨 쉰다'와 '나는 숨 쉴 때 잠잔다'가 똑같다는 거라고."[18]

겨울잠쥐도 거드는데, 잠꼬대하는 것 같았어.

"너한테는 똑같은 거잖아, 겨울잠쥐."

---

17) 정답은 '책상은 벌레가 먹고 까마귀는 벌레를 먹는 먹이사슬'이다. 앨리스 역시 몸뚱이가 커지거나 작아지는 식으로 먹이사슬에서 '먹고 먹히는' 위치가 끊임없이 변한다.
18) A 문장은 A를 변환한 문장과 뜻이 다르다. 이를 논리학에서는 '역관계', 수학에서는 '역함수'라고 말한다.

모자장수가 받아치면서 대화는 끊기고, 다과회 자리엔 순간적으로 침묵이 깔려, 앨리스는 그 틈을 이용해서 까마귀와 책상에 대해 기억나는 걸 하나씩 따져보는데, 맞물리는 게 없었어.

마침내 침묵을 깨뜨린 건 모자장수야. 앨리스를 쳐다보면서 이렇게 물었거든.

"오늘이 며칠이지?"

주머니에서 시계를 꺼내 불쾌한 표정으로 쳐다보다 이리저리 흔들기도 하고 귀에 대기도 하던 참이야.

앨리스는 가만히 생각하다 대답했어.

"4일."

"이틀이나 틀려!"

모자장수가 한탄하더니, 3월 토끼에게 화내며 소리쳤어.

"버터를 발라도 소용이 없을 거라고 했잖아!"

"제일 좋은 버터였다고."

3월 토끼는 힘없이 대답하고, 모자장수는 투덜댔어.

"그렇긴 해도 빵가루가 쓸려서 들어간 게 분명해. 빵 자르는 칼로 버터를 바르는 게 아니었다고."

3월 토끼는 시계를 받아서 울적한 표정으로 바라보더니, 자신이 마시던 찻잔에 퐁덩 넣었다 빼서 다시 쳐다보았어. 하지만 처음 한 말보다 더 좋은 말을 떠올릴 순 없었지.

"너도 알다시피, 제일 좋은 버터였다고."

앨리스는 호기심이 일어서 3월 토끼 어깨너머로 살피다 말했어.

"시계가 참 웃기네요! 날짜는 나오는데 시간은 안 나와요!"

"왜 그래야 하지? 네 시계는 연도가 나오니?"

모자장수가 투덜대는 말에 앨리스는 가볍게 대답했어.

"당연히 아니지만, 그건 한 자리에 정말 오랫동안 머물러야 하기 때문이에요."

"그건 내 시계도 똑같아."

모자장수 말에 앨리스는 헷갈렸어. 말이 안 되는 것 같은데, 우리말인 건 확실하거든. 그래서 최대한 예의를 갖추며 말했어.

"무슨 말인지 모르겠어요."

"겨울잠쥐가 다시 잠들었어."

모자장수가 딴청을 부리며, 그 코에 조금 뜨거운 차를 부었어. 그러자 겨울잠쥐는 머리만 짜증스럽게 흔들더니, 눈조차 안 뜨고 말했어.

"당연하지, 당연해. 바로 그게 내가 하려던 말이라고."

"수수께끼 정답은 찾았니?"

모자장수가 물으며 앨리스를 다시 쳐다보았어.

"아니요, 포기할래요. 정답이 뭔가요?"

앨리스가 묻자, 모자장수는 대답했어.

"나야 조금도 모르지."

"나도 모르고."

3월 토끼도 대답하자, 앨리스는 한숨을 가만히 내쉬며 말했어.

"시간을 바람직하게 쓰면 좋겠네요, 정답도 모르는 수수께끼를 내느라 그거를 낭비하지 말고."

"네가 나처럼 '시간'을 잘 안다면, '그거'를 낭비한다는 말은 못 할 거야. '그 사람'이거든."

모자장수가 하는 말에 앨리스가 대답했어.

"무슨 말인지 모르겠네요."

그러자 모자장수는 머리를 거만하게 추켜세우며 말했지.

"모르는 게 당연하지! 너는 '시간'한테 말한 적조차 없을 테니까!"

"그럴 수도 있겠지요. 하지만 음악을 배울 때 시간을 때려야 한다는 (박자를 맞춰야 한다는: 역주) 건 알아요."

앨리스가 조심스럽게 대답하자, 모자장수가 다시 말했어.

"아하! 이제 알겠다. '시간'은 때리는 걸 싫어해. 네가 '시간'이랑 잘 지낸다면 '시간'은 네가 시계한테 바라는 걸 뭐든지 들어줄 거야. 예를 들어, 아침 아홉 시라서 수업을 막 시작한다고 치자. 그런데 네가 '시간'한테 살짝 속삭이기만 하면 시계가 눈 깜짝할 새에 돌아가는 거야! 오후 한 시 반, 점심시간으로!"

3월 토끼는 "정말 그러면 좋겠다"며 혼자 중얼대고, 앨리스는 깊이 생각하는 어투로 말했어.

"그러면 정말 좋겠지만, 그러면……배가 안 고파서 점심을 못 먹잖 아요."

"처음엔 그렇겠지. 하지만 네가 필요한 만큼 오후 한 시 반으로 붙잡아두는 거야."

모자장수가 말해서, 앨리스가 물었어.

"아저씨는 그렇게 하나요?"

모자장수는 슬픈 표정으로 머리를 절레절레 저으며 대답했어.

"나는 못해! 지난 3월에……토끼가 미치기 직전에(모자장수가 찻숟갈로 3월 토끼[19]를 가리켰어)……'시간'이랑 심하게 다퉜어…… 하트 여왕이 음악회를 성대하게 열어서 내가 이렇게 노래했거든.

반짝, 반짝 작은 박쥐!
무얼 노리는지 궁금해![20]

너도 이 노래 알지?"

"비슷한 노래를 들어보긴 했어요."

앨리스가 대답하자, 모자장수는 계속 노래했어.

"이런 식으로 이어져.

하늘에 걸린 쟁반처럼
하늘 높이 날아가네.
반짝, 반짝……"

여기에서 겨울잠쥐가 잠자며 몸을 뒤척여, "반짝, 반짝, 반짝, 반짝……" 노래하는데, 지나치게 늘어지는 바람에 모자장수와 3월 토끼가 꼬집어서 중단시켰어. 모자장수가 다시 말했지.

"아, 1절도 제대로 못 불렀는데 여왕이 벌떡 일어나서 '저자가 시간

---

19) 'mad as a March Hare'는 토끼가 3월에 교미기에 들어서 미친 듯이 날뛰는 걸 빗댄 숙어로 '미치광이 같은, 광포한'이란 뜻이다.
20) '반짝반짝 작은 별'을 패러디한 노래다.

을 죽인다! 당장 목을 베라!'고 소리친 거야."

"끔찍이도 잔인하네요!"

앨리스가 소리치고, 모자장수는 슬픈 어투로 계속 말했어.

"그날 이후로 내가 부탁하는 걸 '시간'이 안 들어줘! 언제나 여섯 시라서 차만 마셔야 한단다."

앨리스는 어떤 생각 하나가 갑자기 뇌리를 스쳤어. 이렇게 물었지.

"그래서 찻잔을 여기에 잔뜩 꺼내놓은 건가요?"

"그래, 맞아. 항상 차 마시는 시간이라서 중간에 설거지할 시간조차 없어."

모자장수가 말하며 한숨을 내쉬고, 앨리스는 다시 물었어.

"그래서 자리를 한 칸씩 옮기는 건가요?"

"맞아. 찻잔을 다 쓸 때마다."

모자장수 말에 앨리스는 용감하게 물었어.

"그러다가 처음 자리로 돌아오면 어떻게 하나요?"

3월 토끼가 하품하며 끼어들었어.

"화제를 바꾸자. 너무 지겨워. 어린 아가씨가 우리한테 재미난 이야기나 해주길 제안합니다."

"안타깝게도 아는 이야기가 없어요."

앨리스가 말하더니 색다른 제안에 깜짝 놀랐어.

"그럼 겨울잠쥐가 하자! 어서 일어나, 겨울잠쥐!"

3월 토끼랑 모자장수가 소리치더니, 양쪽에서 동시에 꼬집었거든. 겨울잠쥐는 두 눈을 느릿느릿 뜨다, 쉰 목소리로 힘없이 말했어.

"나는 잠자지 않았어. 너희 말을 다 들었다고."

"이야기나 해!"

3월 토끼가 다그쳤어.

"그래, 제발!"

앨리스도 간청했어.

"어서 빨리. 안 그러면 이야기를 마치기도 전에 다시 잠들 테니."

모자장수도 덧붙였어. 그래서 겨울잠쥐는 황급히 시작했지.

"옛날옛적에 조그만 자매 셋이 있었어. 이름은 엘시, 래시, 틸리[21]라고 해. 우물 밑바닥에 사는데……"

"무얼 먹고 사나요?"

앨리스가 물었어. 먹고 마시는 문제에 늘 관심이 끌리거든.

"당밀을 먹고 살았어."

겨울잠쥐가 말했어, 가만히 생각한 다음에.

그래서 앨리스가 부드럽게 지적했지.

"그것만 먹고살 순 없으니, 몸이 아프겠네요."

"맞아, 정말 아팠어."

겨울잠쥐가 말하자, 앨리스는 그렇게 이상하게 사는 느낌은 어떨까 상상하는데, 너무 어려운 거야. 그래서 물었지.

"그런데 우물 밑바닥에서 사는 이유는 뭔가요?"

"차를 더 마셔."

3월 토끼가 앨리스에게 진지하게 권하자, 앨리스는 잔뜩 화난 어투로 대답했어.

"나는 여태 차를 조금도 안 마셨으니, 더 마실 순 없어요."

"덜 마실 수 없다는 뜻이겠지. 더 마시는 것보다 덜 마시는 게 어렵거든."

모자장수가 끼어들자, 앨리스가 반박했어.

---

21) 엘시는 앨리스 언니 L.C.(Lorina Charlotte), 래시는 앨리스, 틸리는 마틸다란 별명으로 불리던 앨리스 동생을 뜻한다.

"아저씨 의견은 아무도 안 물었어요."

"지금 개인적인 문제를 말하는 게 누구지?"

모자장수가 의기양양하게 물었어.

앨리스는 뭐라고 대답할지 몰라, 버터 바른 빵을 먹고 차를 마셨어. 그런 다음에 겨울잠쥐를 쳐다보며 똑같이 물었지.

"우물 밑바닥에서 사는 이유는 뭔가요?"

겨울잠쥐는 다시 곰곰이 생각하다가 불쑥 말했어.

"당밀 우물이거든."

"그런 건 어디에도 없어요!"

앨리스가 화나서 반박하자, 모자장수와 3월 토끼는 "쉿! 쉿!" 하고 겨울잠쥐는 부루퉁한 표정으로 말했어.

"예의 없게 굴려면 네가 이야기해."

"아니에요, 어서 하세요! 더는 끼어들지 않을게요. 그런 우물이 하나는 있을 거예요."

앨리스가 지극히 겸손하게 말하자, 겨울잠쥐가 투덜댔어.

"하나라니!"

하지만 이야기를 다시 했지.

"그래서 세 자매는…… 끌어올리는 법을 배우는데……"

"무얼 끌어올려요?"

앨리스가 물었어. 자신이 한 약속을 깜빡 잊은 거야.

"당밀."

겨울잠쥐가 대답했어, 이번에는 전혀 안 망설이고.

"깨끗한 찻잔이 필요해. 자리를 한 칸씩 옮기자."

모자장수가 끼어들어 자리를 옮기니, 겨울잠쥐도 잇따라 옮기고 3월 토끼는 겨울잠쥐 자리로 옮겨, 앨리스는 3월 토끼가 앉던 자리로 마지못해 옮겼어. 자리를 옮겨서 좋은 건 모자장수 한 명밖에 없어. 앨리스는 특히 안 좋았지. 조금 전에 3월 토끼가 접시에다 우유를 엎질렀거든.

앨리스는 겨울잠쥐를 더는 자극하고 싶지 않아, 아주 조심스럽게 물었어.

"그런데 이해가 안 돼요. 세 자매가 당밀을 어디에서 끌어올려요?"

"우물에서 물을 끌어올리니까 당밀 우물에선 당밀을 끌어올리는 거 아니야, 멍청아?"

모자장수가 타박했어. 하지만 앨리스는 그 말을 무시한 채 겨울잠쥐에게 다시 말했어.

"세 자매는 우물 안에(in the well) 있잖아요."

"그야 당연하지…… 안에 잘(well in)."

겨울잠쥐가 대답하는데, 불쌍하게도 앨리스는 너무 혼란스러워, 겨울잠쥐가 계속 말하도록 더는 안 끼어들었어. 그래서 겨울잠쥐는 너무 졸린 나머지 하품도 하고 두 눈도 비비면서 계속 말했지.

"세 자매는 끌어올리는 법을 배웠어. 그래서 다양한 물건을 끌어올렸지…… 'ㄱ'으로 시작하는 건 무엇이든……"

"왜 'ㄱ'으로 시작해요?"

앨리스가 묻자, 3월 토끼가 반문했어.

"그럼 안 돼?"

앨리스는 입을 다물었어.

그 사이에 겨울잠쥐는 두 눈을 꼭 감은 채 꾸벅꾸벅 조는 거야. 하지만 모자장수가 꼬집자, 비명을 살짝 내지르며 다시 깨어나서 계속 말했지.

"……'ㄱ'으로 시작하는 거, 기저귀, 기구, 기억, 기타 등등…… 너도

'기타 등등'이라는 거 알잖아…… 그런데 기타 등등이라는 물건을 본
적 있니?"

"지금 나한테 묻는 거라면 나는 그런 적이 없는……"

앨리스가 혼란스러운 상태로 대답하는데, 모자장수가 끼어들었어.

"그럼 말하지 마."

무례한 말을 앨리스는 도저히 견딜 수 없어 벌컥 화내며 일어나서
떠나고, 겨울잠쥐는 곧바로 잠들고, 모자장수와 3월 토끼는 관심조차
안 기울여, 앨리스는 자신을 부를 거라 기대하며 두어 번 돌아보는데,
마지막으로 본 건 모자장수와 3월 토끼가 겨울잠쥐를 찻주전자에 넣으
려고 애쓰는 모습이 전부야. 그래서 숲길로 들어서며 말했어.

"여하튼 저 자리는 두 번 다시 안 갈 거야! 저렇게 멍청한 다과회는
난생처음이야!"

앨리스는 이렇게 말하다가 나무 하나에 안으로 들어가는 문이 달린

걸 보고 '정말 이상해! 하지만 오늘은 모든 게 이상해. 안으로 들어가자' 생각하고 안으로 들어갔어.

이번에도 기다란 복도가 나오고 바로 옆에는 조그만 유리 탁자도 있어. 앨리스는 '그래, 이제 훨씬 잘할 수 있어'라고 중얼대곤, 조그만 황금 열쇠를 집어서 정원으로 들어가는 문을 열었어. 그런 다음, 주머니에 넣어둔 버섯을 꺼내서 조금 물어뜯어 몸을 30cm로 줄였지. 그런 다음, 조그만 통로를 따라 들어갔어. 마침내 아름다운 정원으로, 화사한 꽃밭과 시원한 분수 사이로 들어선 거야.

8. 여왕님의 크로케 경기장

　장미 나무 한 그루가 정원 입구에 커다랗게 자라서 하얀 장미꽃을 가득 피우는데, 정원사 세 명이 하얀 장미꽃에 빨간 물감을 칠하느라 바쁜 거야. 앨리스는 너무 이상해 가까이 가서 지켜보는데, 정원사 한 명이 "조심해, 5번! 나한테 물감을 튕기지 말라고!" 하고 말하는 소리가 들리는 거야. 그러자 5번이 부루퉁한 어투로 대답했어.

　"나도 어쩔 수 없다고, 7번이 팔꿈치를 밀쳐서."

　이 말에 7번이 쳐다보더니 대꾸했어.

　"정말이지, 5번! 너는 언제나

남 탓만 해!"

"너는 입 다무는 게 좋아. 여왕님이 네 목을 잘라야겠다고 말하는
걸 어제 들었거든!"

5번이 말하자, 제일 먼저 말한 2번이 물었어.

"왜?"

"그건 네가 신경 쓸 문제가 아니야, 2번!"

7번이 짜증 내자, 5번이 말했어.

"아니야, 그건 2번이 신경 쓸 문제니, 내가 말하지…… 7번이 요리사
한테 양파를 갖다 준다면서 튤립 뿌리를 갖다 주었어."

7번이 붓을 내던지며 "아, 이렇게 부당한 경우가……" 하고 말하다
가 앨리스를 처음 발견했어. 가만히 서서 지켜보았거든. 그와 동시에
7번은 입을 다물고, 다른 정원사 둘도 돌아보더니, 모두 허리를 나지막
이 숙이며 인사했지. 그래서 앨리스가 조심스럽게 물었어.

"장미꽃을 빨갛게 칠하는 이유가 무언가요?"

5번과 7번은 아무 말 없이 2번만 쳐다보았어. 그러자 2번이 나지막
한 목소리로 대답했지.

"그 이유는, 아가씨, 여기에 빨간 장미 나무를 심어야 하는데 우리가
실수로 하얀 장미 나무를 심었답니다. 여왕님이 알면 우리 모두 목이
달아난답니다. 그래서 지금 이렇게, 아가씨, 열심히 일하는 겁니다,
여왕님이 오기 전에……"[22]

바로 이때, 5번이 불안한 눈으로 정원 너머를 살피다, "여왕님이다!
여왕님이다!" 소리치고, 그와 동시에 정원사 셋은 납작 엎드려서 얼굴

---

22) 하얀 장미는 랭커스터 가문을 상징하는 문장이고, 하얀 장미는 요크 가문을 상징하
는 문장이다. 두 가문은 권력을 장악하려고 서로를 죽이며 '장미전쟁'을 벌였다.
루이스 캐럴이 장미전쟁과 동시에 당시 영국을 지배하던 빅토리아 여왕을 강하게
비판하는 장면인데, 정작 빅토리아 여왕은 앨리스 이야기를 참 좋아했다.

을 바닥에 댔어. 발소리가 숱하게 일어나, 앨리스는 여왕을 보고 싶은 마음에 주변을 열심히 둘러보았지.

제일 먼저 나타난 건 방망이를 든 병사 열 명인데, 세 정원사와 마찬가지로 몸통이 직사각형으로 생겨서 납작하고, 두 손과 두 발은 사각 모서리에 달렸어. 다음에 나타난 건 신하 열 명인데, 다이아몬드 장식을 가득 단 병사가 그런 것처럼 두 명씩 나란히 걸었어. 다음에 나타난 건 왕실 아이 열 명으로, 두 명씩 손을 맞잡고 펄쩍펄쩍 뛰며 흥겨워하는데, 하나같이 하트 장식이야. 다음에 나타난 건 손님으로 대부분 왕과 여왕인데, 앨리스는 그 사이에서 하얀 토끼를 보았어. 걱정스러운 표정으로 빠르게 말하다 상대가 말할 때는 빙그레 웃을 뿐, 앨리스를 못 알아보고 지나쳤지. 다음에 나타난 건 하트 잭인데, 짙은 빨강 벨벳 방석에 왕관을 받쳐 들었어. 하트 왕과 여왕이 나타난 건 웅장한 행렬 마지막이야.

앨리스는 세 정원사처럼 엎드려서 얼굴을 바닥에 박아야 할지 고민했지만, 행렬을 보면 그래야 한다는 규칙을 들은 기억이 없는 데다, '행렬 자체가 무슨 소용이겠어, 모두 엎드려서 얼굴을 바닥에 박느라 쳐다볼 수도 없다면?' 하는 생각마저 들었어. 그래서 그대로 선 채로 기다렸어.

행렬은 앨리스 앞에 멈춰서 모두 가만히 쳐다보고, 여왕은 엄하게 물었어.

"이 애는 누구냐?"

여왕이 묻는 말에, 하트 잭은 허리를 숙인 채 빙그레 웃는 거로 대답을 대신했지.

"멍청한 놈!"

여왕이 화나서 머리를 흔들더니, 앨리스를 쳐다보며 다시 물었어.

"애야, 이름이 뭐냐?"

"저는 앨리스라고 합니다, 여왕 폐하."

앨리스는 정중하게 대답했어. 하지만 속으론 이렇게 중얼댔지.

'맙소사, 모두 트럼프 카드잖아. 두려워할 게 조금도 없겠어!'

"그럼 이자들은 다 뭐냐?"

여왕이 물으며 장미 나무 주변에 엎드린 세 정원사를 가리켰어.

여러분도 알다시피, 셋 모두 바닥에 엎드려서 얼굴을 바닥에 댔는데,

등 모양이 다른 트럼프 카드랑 똑같아, 정원사인지 병사인지 신하인지

자신이 낳은 자녀인지 구분할 수 없었거든.

"제가 어떻게 알겠어요? 제가 신경 쓸 문제도 아닌데요?"

앨리스가 되물었어. 자신이 발휘한 용기에 깜짝 놀랐지.

여왕은 잔뜩 화나서 얼굴이 불그죽죽하더니, 사나운 짐승처럼 노려보다가 소리쳤어.

"이 아이 목을 베라! 당장……"

"말도 안 돼!"

앨리스가 소리치는데, 정말 커다랗고 단호한 소리에 여왕은 입을 꾹 다물었어. 왕은 여왕 팔에 한 손을 올리고 조심스럽게 말하고.

"참아요, 여보, 어린애잖아요!"

여왕이 왕을 보다가 잔뜩 화난 표정으로 시선을 돌리더니, "저들을 뒤집어라!" 하고 명령하자, 잭이 정원사 셋을 뒤집었어, 조심스럽게, 한 발로.

"일어나!"

여왕이 날카롭게 소리치자, 세 정원사는 벌떡 일어나 왕과 여왕과 왕실 자녀와 모두에게 차례대로 허리 숙이며 인사했어. 그러자 여왕이 고함질렀지.

"그만해! 어지럽잖아!"

그러더니 장미 나무를 쳐다보며 물었어.

"지금 여기에서 뭘 하는 중이냐?"

"여왕 폐하, 지금 저희는……"

2번이 한쪽 무릎을 꿇고서 공손하게 대답하는데, 여왕이 다시 소리쳤어, 장미꽃을 벌써 충분히 살폈거든.

"알겠다! 저자들 목을 베라!"

그리고 행렬은 다시 나아가고 병사 셋은 처형을 집행하려 뒤에 남고, 운이라곤 티끌만큼도 없는 정원사 셋은 앨리스에게 살려달라며 애원했어.

앨리스는 "목이 잘릴 순 없지!"라 말하곤, 옆에 있는 커다란 화분에 정원사를 모두 집어넣었어. 병사 셋은 정원사를 찾아 이리저리 돌아다니다, 행렬을 조용히 쫓아갔지.

"머리를 모두 잘랐느냐?"

여왕이 소리치자, 세 병사가 소리쳐 대답했어.

"머리가 모두 사라졌습니다, 여왕 폐하!"

"잘했군! 너는 크로케를 할 줄 아느냐?"

여왕이 소리쳤는데, 병사 셋은 입을 꾹 다문 채 앨리스만 쳐다보았어. 마지막 질문은 앨리스에게 한 게 분명하거든.

"네!"

앨리스도 소리쳤어.

"이리 와, 그럼!"

여왕이 고함질러, 앨리스는 행렬에 합류하며, 앞으로 무슨 일이 벌어질까 곰곰이 생각했지.

"정말…… 정말 좋은 날씨네요!"

조심스러운 목소리가 바로 옆에서 들렸어. 하얀 토끼가 나란히 걸으며 앨리스 얼굴을 불안한 눈으로 살핀 거야.

"그렇네요…… 그런데 공작 부인은 어디에 있나요?"

앨리스가 묻자, 토끼는 목소리를 줄이며 빠르게 "쉿! 쉿!" 하면서 불안한 눈으로 뒤를 돌아보더니, 발가락 끝으로 서서 앨리스 귀에 대고 속삭였어.

"사형 선고를 받았어요."

"어째서요?"

"지금 '딱하네요!'라고 했어요?"

"아뇨. 딱하다는 생각은 그다지 안 들거든요. '어째서요?'라고 했어요."

"공작 부인이 여왕 뺨따귀를 때려서……"

토끼가 하는 말에 앨리스는 폭소를 살짝 터트리고, 토끼는 겁에 질린 어투로 속삭였어.

"아, 쉿! 여왕이 듣겠어요! 당신도 알다시피 공작 부인이 약간 늦어서 여왕이 말하길……"

"모두 자기 자리로 가!"

여왕이 벼락같이 소리치자, 모두 이리저리 달리느라 서로 부닥치며 뒹굴었어. 하지만 결국에는 모두 자리를 잡아, 경기를 시작했어. 앨리스는 이렇게 이상한 크로케 경기장은 난생처음 보는 것 같았어. 바닥은 울퉁불퉁하고 공은 산 고슴도치고, 방망이는 산 홍학이고, 골대는 병사가 허리를 구부린 채 두 발과 두 손을 바닥에 대서 만든 거야.

앨리스가 맞닥뜨린 제일 커다란 문제는 홍학을 제대로 다룰 수 없다는 거야. 다리를 거꾸로 잡아서 그 몸통을 겨드랑이에 간신히 꼈는데, 그 목을 쭉 펴서 머리로 고슴도치를 치려고 할 때마다 홍학이 목을 동그랗

게 구부리며 정말 곤란하단 표정으로 쳐다보아, 앨리스는 폭소를 터트릴 수밖에 없었거든. 그러다가 그 머리를 다시 내려서 공을 치려고 하면 이번에는 고슴도치가 몸을 쭉 펴고 슬금슬금 기어서 도망가니, 짜증이 절로 났지. 게다가, 앨리스가 고슴도치를 보내려는 곳마다 바닥은 울퉁불퉁한 데다, 허리를 숙인 병사는 툭 하면 일어나서 다른 곳으로 사라지

니, 결국 앨리스는 세상에서 가장 힘든 경기라고 결론 내렸어.

선수는 차례도 안 기다리고 한꺼번에 달려들어 경기하고, 끊임없이 다투고, 고슴도치를 차지하려 싸우니, 얼마 안 가서 여왕은 화가 잔뜩 치밀어 발을 동동 구르며 일 분에 한 번씩 "저놈 머리를 베라!"거나 "저년 머리를 잘라라!"고 소리쳤지.

앨리스는 점차 불안한 느낌이 들었어. 아직은 여왕이랑 다툰 적이 없지만, 결국엔 그럴 수밖에 없을 것 같았거든. '그러면 나는 어떻게 될까? 여기는 사람들 머리 자르는 걸 끔찍하게 좋아해. 산 사람이 여전히 있다는 게 놀라울 정도야!' 하는 생각이 절로 들었지.

앨리스는 도망칠만한 길을 찾아 주변을 두리번거리며, 과연 자신이 안 들키고 도망칠 수 있을까 걱정하는데, 공중에 이상한 게 조금씩 나타나는 거야. 처음에는 뭔지 몰라서 어리둥절했는데, 가만히 바라보니, 씩 웃는 얼굴이라서 속으로 '체셔 고양이야. 이제 말할 상대가 생겼네' 하고 중얼거렸어.

"어떻게 지내니?"

고양이가 물었어, 말할 정도로 입이 생기자마자.

앨리스는 두 눈이 나타날 때까지 기다린 다음에 고개를 끄덕이며 생각했지.

'말하는 건 소용이 없어, 귀가, 최소한 한쪽이라도, 나타나기 전엔.'

곧이어 얼굴 전체가 나타나자, 앨리스는 홍학을 내려놓고 경기에 관해 설명했어. 말할 상대가 생겨서 정말 기뻤거든. 고양이는 이 정도 보이는 거로 충분하다고 생각했는지, 몸뚱이를 더 드러내지 않았어. 그래서 앨리스는 본격적으로 투덜댔지.

"여기는 어떤 선수도 정정당당하게 경기하지 않는 것 같아. 모두 끔찍하게 소리치며 다투느라 자기 목소리조차 안 들려…… 규칙도 특별히 없는 것 같아. 설사 그런 게 있더라도, 최소한, 지키는 사람은 하나도 없어…… 경기 장비는 하나같이 생물이라서 얼마나 헷갈리는지 몰라. 가령, 힘껏 달려가면 골대가 경기장 반대편으로 걸어가는 식이야…… 조금 전에는 고슴도치를 치려고 하니까 나를 보는 순간에 그냥 도망치고!"

"여왕은 마음에 들어?"

고양이가 나지막한 목소리로 물었어.

"전혀, 너무 극단적으로……"

앨리스는 이렇게 말하다 여왕이 바로 뒤에 다가와서 엿듣는 걸 알아채고 말을 재빨리 바꿨어.

"……여왕이 이길 게 분명해. 경기를 끝까지 할 필요도 없을 정도야."

여왕이 빙그레 웃으며 지나갔어.

"누구랑 말하는 거니?"

왕이 물으며 다가오더니, 신기하단 표정으로 고양이 머리를 쳐다보아, 앨리스는 이렇게 대답했지.

"친구예요, 체셔 고양이. 폐하께 소개합니다."

"생김새가 마음에 안 드는구나. 하지만 원한다면 내 손에 키스하렴."

왕이 허락하자, 고양이가 거절했어.

"그러고 싶지 않아요."

"버릇없게 굴지 마. 나를 그렇게 쳐다보지도 말고!"

왕이 말하더니, 앨리스 뒤로 숨었어.

"고양이도 왕을 볼 수 있어요. 어떤 책에서 읽었어요. 하지만 어느 부분인지 기억은 안 나네요."

앨리스가 말하자, 왕은 아주 단호하게 "어서 없애라!"고 말하더니, 여왕에게 소리쳤어. 마침 옆을 지나는 중이었거든.

"여보, 이 고양이를 당신이 당장 없애주면 좋겠소!"

여왕은 커다란 문제든 작은 문제든 해결방법이 딱 하나야. 그래서 소리쳤지, 돌아보지도 않고.

"저놈 목을 베라!"

"내가 직접 가서 사형 집행관을 데려오겠소."

왕이 열심히 말하곤 황급히 사라졌어.

앨리스는 원래대로 돌아가서 경기 진행이 어떤지 살펴야겠다고 생각하는데, 멀리서 여왕이 잔뜩 열나서 외치는 목소리가 들리는 거야. 차례를 놓쳤다는 죄목으로 선수 세 명을 처형하라는 소리마저 벌써 들린 데다, 경기 자체도 마음에 안 들었어. 너무 혼란스러워서 자기 차례인지 아닌지조차 알 수 없었거든. 그래서 앨리스는 자기 고슴도치를 찾으러 갔어.

앨리스 고슴도치는 다른 고슴도치랑 한창 싸우는 중이라, 고슴도치를 치기에 딱 좋은 기회 같았어. 문제는 홍학이 정원 반대편으로 도망가, 매번 실패하면서도 나무 위로 날아오르려 애쓴다는 거야.

앨리스가 홍학을 잡아서 돌아올 즈음에는 벌써 싸움이 끝나, 고슴도치 두 마리 모두 사라졌어. '아무래도 상관없어, 골대 역시 경기장 이쪽에서 모두 사라졌으니까!' 그래서 홍학을 겨드랑이에 꼭 끼워서 도망치지 못하게 한 다음, 친구랑 조금 더 대화하려고 돌아갔지.

앨리스는 체셔 고양이가 있는 곳으로 돌아가다 그 주변에 잔뜩 모여든 사람을 보고 깜짝 놀랐어. 사형 집행관과 왕과 여왕이 말싸움하느라 모두 한꺼번에 소리치고 나머지는 입을 꾹 다문 채 불안하게 바라보는 거야. 그러다가 앨리스가 다가서는 순간, 세 사람 모두 문제를 해결해달라고 호소하곤, 각자 주장하는데, 셋이 한꺼번에 말해서 앨리스는 각 주장을 정확히 알아듣는 게 정말 힘들었어.

　사형 집행관 주장은 자를 목이 없어서 머리를 자를 수 없다, 예전에 그런 적이 한 번도 없다, 인제 와서 그렇게 할 순 없다는 거야.

　왕 주장은 머리가 있는 건 무엇이든 자를 수 있다, 사형 집행관은 말도 안 되는 소리 그만하라는 거야.

　여왕 주장은 당장 문제를 해결하지 않으면 그 자리에 있는 모두를 처형하겠다는 거야. 바로 이 말 때문에 주변에 모여든 사람 모두 불안하고 초조한 표정이었던 거야.

　앨리스가 떠올릴 수 있는 말은 이게 전부였지.

"고양이는 공작 부인 소유니, 공작 부인한테 물어보세요."

"공작 부인은 감옥에 있다. 당장 데려오라."

여왕이 지시하자, 사형 집행관이 쏜살처럼 달렸어. 그와 동시에 고양이 머리가 흐릿하게 변하더니, 공작 부인을 데리고 돌아올 즈음에는 완전히 사라졌지. 왕은 사형 집행관과 함께 고양이를 찾으러 이리저리 뛰어다니고, 나머지는 돌아가서 다시 경기에 열중했어.

9. 가짜 거북 이야기

"널 다시 만나서 얼마나 기쁜지 모르겠구나, 얘야!"

공작 부인이 말하면서 앨리스에게 다정하게 팔짱을 껴, 두 사람은 나란히 걸었어.

앨리스는 공작 부인이 굉장히 기분 좋은 상태라서 기뻤어. 부엌에서 만날 때 사나웠던 건 후추 때문인 것 같다는 생각이 들었지. 그래서 가만히 중얼거리는데, 진짜로 그렇게 될 거라고 기대하는 어투는 아니었어.

"내가 공작 부인이 된다면 부엌에 후추를 조금도 안 두겠어. 후추는 사람을 언제나 성질나게 하는 것 같아."

앨리스는 새로운 원칙을 찾아낸 게 너무 기뻐서 계속 중얼댔어.

"식초는 사람을 시큼하게 하고…… 쑥은 사람을 씁쓸하게 하고…… 그리고…… 그리고 보리 물엿 같은 건 아이를 온순하게 해. 사람들이 알면 좋겠어. 그럼 물엿을 아끼지 않고……"

앨리스는 어느새 공작 부인을 까마득히 잊은 터라, 부인 목소리가 귓가에서 일어날 때 살짝 놀랐어.

"다른 생각에 빠져드느라, 애야, 말하는 걸 잊었구나. 그 교훈이 무언지 지금 당장 말할 순 없지만 금방 떠오를 거야."

"교훈이 없을 수도 있어요."

앨리스가 용감하게 말하자, 공작 부인이 반박했어.

"쯧쯧, 어리군! 세상 만물은 교훈이 있는 법이야, 네가 알아챌 수만 있으면."

그러면서 앨리스 옆으로 바싹 달라붙었어.

앨리스는 공작 부인이 이렇게 바싹 달라붙는 게 싫었어. 우선, 공작 부인은 정말 못생겼거든. 둘째, 키가 작아서 앨리스 어깨에 턱을 올리기 딱 좋은 데다, 턱이 뾰족해서 정말 불편했거든. 하지만 무례하게 굴고 싶지 않아서 최대한 참았지. 그리고 대화를 조금이라도 이어가려고 말했어.

"이제 경기가 훨씬 잘 돌아가겠어요."

"그렇겠지, 그 교훈은…… '세상을 잘 돌아가게 하는 건 사랑, 사랑이다!'"

공작 부인 말에 앨리스가 속삭였어.

"누군가는 모든 사람이 자기 일에만 신경 쓴다면 세상은 지금보다 훨씬 잘 돌아갈 거라고 하던데요?"

"아, 맞아! 그 말이나 이 말이나 똑같은 뜻이야."

공작 부인이 말하며 뾰족한 턱으로 앨리스 어깨를 파고들다 덧붙였어.

"그리고 그 교훈은…… '정신만 똑바로 차리면 소리는 저절로 들린다.'"

'공작 부인은 모든 일에서 교훈 찾는 걸 좋아해!'

앨리스는 속으로 생각하고, 공작 부인은 잠시 망설이다 다시 말했어.

"아마 너는 내가 팔로 네 허리를 감싸지 않는 이유가 궁금할 거야. 이유는, 네 홍학이 성질을 부릴까 의심스러워서야. 내가 시험해도 괜찮을까?"

"홍학이 물 거예요."

앨리스는 조심스럽게 대답했어. 굳이 실험하고픈 생각이 조금도 없었거든.

"그래, 맞아. 홍학은 물고 겨자는 톡 쏘지. 교훈은…… '새는 똑같은 놈끼리 날아다닌다.'"

"하지만 겨자는 새가 아니에요."

앨리스가 지적하자, 공작 부인이 동의했어.

"그래, 평소에는. 너는 모든 걸 또렷하게 구분하는구나!"

"겨자는 광물일 거예요."

앨리스 말에 공작 부인이 대답했어.

"그럼, 그렇고말고. 근처에 커다란 겨자 광산(mine)이 있어. 그래서 그 교훈은…… '내 것(mine)[23]이 많으면 네 것은 적다.'"

앨리스가 하는 말이라면 무엇이든 가볍게 동의하는 것처럼 말이야. 하지만 앨리스는 마지막 말을 흘려듣고 이렇게 소리쳤어.

---

23) 내 것도 mine이고 광산도 mine이다.

"아, 이제 알겠어요! 겨자는 채소예요. 채소처럼 안 보이지만 채소가 맞아요."

"그래, 네 말이 맞아. 그래서 그 교훈은…… '너 자신이 다른 사람한테 보이는 모습은 너 자신이 아니라고 절대로 생각하지 말지니, 너 자신이 다른 사람한테 보이는 모습은 너 자신이 아니거나 아닐 수 있다고 여기면 다른 사람에게 다르게 보인다.'"

공작 부인 말에 앨리스는 얌전하게 대답했어.

"공책에 받아적는다면 제대로 이해할 것 같은데, 지금은 무슨 말인지 조금도 모르겠네요."

"나는 마음만 먹으면 훨씬 기다랗게 말할 수 있어."

공작 부인은 말하는 게 매우 기쁘다는 어투야. 하지만 앨리스는 이렇게 말했지.

"부탁이니, 더 기다랗게 말하려고 애쓰지 마세요."

"맙소사, 애쓴다는 말은 하지 말렴! 지금까지 말한 걸 너한테 전부 선물할게."

공작 부인 말에, 앨리스는 '보잘것없는 선물이군! 생일에 가족이 이런 선물을 안 해서 정말 다행이야!'라고 생각했지. 하지만 겉으로 말할 순 없었어.

"또 생각하니?"

공작 부인이 물으며 뾰족한 턱으로 다시 찔렀어.

"저도 생각할 권리는 있잖아요."

앨리스가 날카롭게 대답했어. 걱정스러운 느낌이 살살 파고들었거든.

"그래, 돼지한테 하늘을 날 권리가 있는 만큼, 그래서 그 교……"

하지만 놀랍게도 공작 부인 목소리가 갑자기 사라졌어, 제일 좋아하는 '교훈'이란 말을 하려다가, 앨리스에게 팔짱 낀 팔까지 덜덜 떨 정도였어. 그래서 고개를 들고 쳐다보니, 바로 앞에 여왕이 잔뜩 찌푸린 얼굴로 팔짱을 끼고 떡 버티고 있는 거야.

"날씨가 좋습니다, 여왕 폐하!"

공작 부인이 힘없는 목소리로 나지막이 인사하자, 여왕이 발로 땅바닥을 쾅쾅 구르며 소리쳤어.

"분명히 경고하는데, 당신이든 당신 머리든 사라져, 지금 당장! 선택하라!"

공작 부인은 선택했어. 당장 사라진 거야.

"우리는 경기를 계속하자."

여왕이 말하는데, 앨리스는 너무 무서워서 한마디도 못 한 채 크로케 경기장으로 졸졸 따라갔어.

다른 사람들은 여왕이 자리를 비운 틈을 이용해 그늘에서 쉬다가 다시 황급히 경기하고, 여왕은 조금이라도 늦장 부리면 죽을 줄 알라고 으름장 놓았어.

경기하는 내내 여왕은 다른 선수랑 끊임없이 다투다가 "저놈 머리를 잘라라!"거나 "저년 머리를 잘라라!"고 소리쳤어. 그럴 때마다 병사가 사형수를 잡아가야 하니, 허리 숙인 골대는 당연히 사라질 수밖에 없어, 삼십 분 정도가 지날 즈음엔 골대가 모두 사라지고, 선수 역시 왕과 여왕과 앨리스만 빼고 사형을 선고받아 모두 잡혀갔어.

그러자 여왕이 경기를 멈추고 숨을 가쁘게 몰아쉬며 앨리스에게 묻는 거야.

"너는 가짜 거북을 본 적이 있느냐?"

"아니요. 가짜 거북이 무언지도 모릅니다."

"가짜 거북 수프를 만드는 재료다."

"그런 건 본 적도 들은 적도 없습니다."

"그럼 가자. 가짜 거북이 너한테 모든 사연을 들려줄 거다."

여왕이 말해서 앨리스는 그 뒤를 쫓아가다 국왕이 나지막한 목소리로 일행에게 "너희를 모두 용서하노라"고 말하는 소리를 듣고 '그래, 정말 잘 됐어!' 하고 속으로 반겼어. 여왕이 툭하면 사람을 죽이라 명령해서 마음이 정말 불편했거든.

여왕이랑 걷다 보니 얼마 후에 그리핀[24]이 나타나는데, 햇살이 따뜻한 곳에 누워서 곤하게 자는 중이야. (그리핀이 뭔지 모른다면 그림을 보렴.) 그래서 여왕이 소리쳤지.

"일어나, 게으른 괴물아! 이 아가씨를 가짜 거북한테 데려가서 그 사연을 듣도록 하여라. 나는 돌아가서 제대로 처형하는지 살펴야 하니까."

그러더니 앨리스를 그리핀에게 맡긴 채 떠났어. 앨리스는 그리핀

---

24) 그리스 신화에 나오는 괴물로, 머리와 날개는 독수리고 몸통은 사자다.

생김새가 마음에 안 들지만 잔인한 여왕을 쫓아가는 편보단 그리핀 곁에 머무는 편이 훨씬 안전할 것 같아서 가만히 기다렸어.

그리핀이 일어나 앉아서 두 눈을 비비더니, 여왕이 사라질 때까지 가만히 바라보다 킥킥 웃으며 혼자 중얼거리는 것 같기도 하고 앨리스에게 하는 것 같기도 한 어투로 말했어.

"정말 재미있군!"

"뭐가 재미있는데?"

앨리스가 묻자, 그리핀이 대답했지.

"당연히 저 여자지. 저 여자 혼자 상상하는 거야, 그건. 누구도 처형하지 않는다고. 가자!"

그래서 앨리스는 그 뒤를 천천히 쫓아가며 생각했어.

'여기는 누구나 "가자!"고 말하는군. 나는 예전에 이런 식으로 명령받은 적이 한 번도 없는데, 단 한 번도!'

얼마 안 가자, 멀리서 가짜 거북이 보이는데, 조그만 바위 턱에 혼자 쓸쓸히 앉아있고, 조금 다가가니, 심장이 무너지듯 한숨 쉬는 소리까지 들렸어. 앨리스는 동정심이 마구 일어서 "왜 저렇게 슬퍼하니?" 하고 묻자, 그리핀은 조금 전과 비슷하게 대답했어.

"가짜 거북 혼자 상상하는 거야, 저건. 쟤는 슬퍼할 게 하나도 없다고. 가자!"

그래서 둘은 계속 다가가고 가짜 거북은 커다란 눈에 눈물이 그렁그렁한 채 쳐다볼 뿐, 아무 말도 안 했어.

"아가씨가 왔어. 네 사연을 듣고 싶대, 아가씨는."

그리핀이 말하자, 가짜 거북이 그윽하면서도 힘없는 어투로 대답했어.

"말할 테니까 바닥에 앉아, 둘 다, 그리고 내가 끝낼 때까지 한마디

도 끼어들지 마."

그래서 둘은 바닥에 앉고, 한동안 아무도 입을 안 열어, 앨리스는 '어떻게 끝내겠다는 건지 모르겠군, 시작조차 않고서' 하고 생각했어. 하지만 꾹 참으며 기다렸지.

"예전에 나는 진짜 거북이였어."

마침내 가짜 거북이 말하며 한숨을 깊이 내쉬었어. 그리곤 또 오랫동안 침묵했어. 그리핀이 가끔 "푸드덕!" 하며 한탄하는 소리랑 가짜 거북이 묵직하게 끊임없이 흐느끼는 소리가 전부였지. 앨리스는 당장

에라도 벌떡 일어나서 '고마워, 재미있게 잘 들었어'라고 말하고 싶지만 뭔가 그럴싸한 얘기가 나올 것 같다는 생각을 지울 수 없어, 아무 말 않고 가만히 앉아서 기다렸지.

가짜 거북이 마침내 입을 여는데, 훨씬 차분하긴 해도 가끔 흐느끼는 건 여전했어.

"우리가 어릴 때는 바다에서 학교에 다녔어. 선생님은 늙은 거북이야. 그래서 선생님을 '육지 거북'이라고 불렀는데……"

"왜 육지 거북이라고 불렀는데, 육지 거북이 아닌데도?"

앨리스가 도중에 묻자, 가짜 거북이 벌컥 화내며 대답했어.

"그분이 우리를 가르쳤으니까 육지 거북이라고 불렀지. 너는 정말 멍청하구나!"

"그렇게 간단한 걸 묻다니, 창피한 줄 알라고."

그리핀도 덧붙이며 가짜 거북이 옆에 가만히 앉아서 쳐다보고, 불쌍한 앨리스는 금방이라도 땅속으로 숨고 싶었어. 그러다가 결국엔 그리핀이 "계속해, 친구! 온종일 머뭇대지 말고!" 하고 말해, 가짜 거북이 다시 말했어.

"그래, 우리는 바다에서 학교에 다녔어. 너는 안 믿겠지만……"

"나는 안 믿는다고 말한 적 없어!"

앨리스가 또 끼어들자, 가짜 거북이 반박했어.

"말했어."

"입 닥쳐!"

그리핀이 또 덧붙였어, 앨리스가 미처 말하기도 전에. 그래서 가짜 거북이 계속 말했지.

"우리는 정말 훌륭한 교육을 받았어…… 실제로, 우리는 학교에 매일 가서……"

"나도 학교에 다녀. 그런 거로 잘난 척할 필요 없다고."

앨리스가 말하자, 가짜 거북이 약간 불안한 표정으로 물었어.

"보충수업도 받고?"

"그럼. 불어랑 음악도 배워."

"세탁은?"

가짜 거북이 묻자, 앨리스는 벌컥 화내며 대답했어.

"당연히 아니지!"

그러자 가짜 거북이 정말 다행이란 어투로 말했어.

"아하! 그렇다면 좋은 학교는 아니야. 우리 학교는 수업료 청구서 끝에 '불어, 음악, 세탁……추가'라고 적었다고."

"바다 밑바닥에 사는데 세탁까지 배울 필요 없잖아."

앨리스 말에 가짜 거북이 한숨을 내쉬며 대답했어.

"나는 그걸 배울 여유가 없었어. 정규수업만 들었지."

"그건 뭔데?"

"처음에는 당연히 얼레 감기(Reeling)랑 꿈틀꿈틀 기어가기(Writhing). 그 다음엔 수학을 살짝 바꾼…… 야심 품기(Ambition), 산만하기(Distraction), 추하게 만들기(Uglification), 조롱하기(Derision)."[25]

가짜 거북이 엉뚱하게 말하자, 앨리스가 용기 내서 물었어.

"'추하게 만들기'는 처음 듣는데, 그건 뭐니?"

그러자 그리핀이 깜짝 놀라서 앞발을 모두 추켜들며 한탄했어.

"뭐라고! 추하게 만들기를 처음 듣는다고! 그래도 아름답게 만들기 는 뭔지 알겠지?"

---

25) 얼레 감기(Reeling)는 읽기(Reading), 꿈틀꿈틀 기어가기(Writhing)는 쓰기 (Writing), 야심 품기(Ambition)는 더하기(Adding), 산만하기(Distraction)는 빼기(Subtraction), 추하게 만들기(Uglification)는 곱하기(Multiplication), 조롱하기(Derision)는 나누기(Devision)가 변한 거다.

그리핀이 묻는 말에 앨리스는 조심스럽게 대답했어.

"그래. 그건…… 대상을…… 아름답게…… 만드는 거야."

"으음, 그런데도 추하게 만들기를 모른다면 너는 바보야."

앨리스는 더 물어볼 용기가 안 나서 가짜 거북을 쳐다보며 화제를 돌렸어.

"또 무얼 배웠니?"

그러자 가짜 거북이 물갈퀴로 하나씩 꼽으며 대답했어.

"으음, 미스터리도 배웠어, 고대와 현대, 바다 지리와 함께. 그리고 느릿느릿하기(Drawling)도 배웠는데, 느릿느릿하기 선생님은 늙은 붕장 어로, 일주일에 한 번씩 수업했어. 우리한테 느릿느릿하기와 쭉 펴기 (Stretching)와 기절하기(Fainting)를 가르쳤지."[26]

"그게 뭔데?"

앨리스가 묻자, 가짜 거북이 대답했어.

"으음, 너한테 직접 보여줄 순 없어. 나는 몸이 너무 뻣뻣해. 그리핀 은 배운 적이 없고."

그러자 그리핀이 변명했어.

"시간이 없었거든. 하지만 선생님께 고전을 배운 적은 있어. 늙은 게였어, 선생님은."

그러자 가짜 거북이 한숨을 내쉬며 말했어.

"나는 그 선생님께 배운 적이 없어. 웃기와 슬퍼하기를 가르쳤다고 하더군, 사람들 말이."

"그래, 맞아, 정말 그랬어."

그리핀이 말하며 똑같이 한숨을 내쉬더니, 가짜 거북과 함께 앞발로

---

26) 가짜 거북은 앨리스 자매에게 그림(drawing), 스케치(sketching), 물감칠하기 (painting)를 일주일에 한 번씩 가르치던 선생님이 모델이다. 느릿느릿하기 (Drawling), 쭉 펴기(Stretching), 기절하기(Fainting)는 여기에서 나왔다.

눈물을 훔쳤어.

"그래서 하루에 몇 시간씩 수업했는데?"

앨리스가 물었어, 대화 주제를 황급히 바꾸려고.

"첫째 날은 열 시간, 둘째 날은 아홉 시간, 셋째 날은 여덟 시간."

가짜 거북이 대답하자, 앨리스가 소리쳤어.

"시간표가 정말 이상해!"

그러자 그리핀이 말했지.

"수업(lesson)이라고 하는 이유가 바로 그거야. 시간이 매일 한 시간씩 줄어들거든(lessen)."[27]

앨리스는 생전 처음 듣는 말이라서 잠시 생각하다 다시 물었어.

"그럼 열한 번째 날은 노는 날이야?"

"당연히 노는 날이지."

가짜 거북이 말하자, 앨리스는 다시 열심히 물었어.

"그럼 열두 번째 날엔 뭘 하고?"

그러자 그리핀이 대뜸 단호하게 말했지.

"수업 얘기는 충분히 했으니, 이제 노는 얘기를 해."

---

27) lesson(수업)과 lessen(줄다)은 발음이 같다.

10. 바닷가재 춤

가짜 거북은 한숨을 깊게 내쉬곤 물갈퀴 하나를 들어서 눈물을 닦더니, 앨리스를 쳐다보고 뭔가 말하려다 흐느끼느라 목이 멨어.

"목에 뼈라도 걸린 것 같군."

그리핀이 말하더니, 가짜 거북을 흔들고 그 등을 두드렸어. 마침내 목소리가 뚫리자 가짜 거북이 양 볼에 눈물을 주르륵 흘리며 다시 말했어.

"너는 바다 밑에 산 적이 없을 거야……(앨리스는 '응, 산 적이 없어'라 대답하고)……그래서 바닷가재를 만난 적도 없을 거야……(앨리스는 '한 번 맛본 적은……'이라고 하다가 '그럼, 단 한 번도'로 얼른 바꾸고)……그래서 바닷가재 춤이 얼마나 재밌는지 조금도 모를 거야!"

"그럼, 당연하지. 어떻게 추는데?"

"우선 바닷가에 한 줄로 기다랗게 서서……"

그리핀이 대답하는데, 가짜 거북이 대뜸 끼어들었어.

"두 줄! 물개, 거북, 연어 등이. 그런 다음에 해파리를 깨끗하게 치우고……"

"그건 시간이 좀 걸려."

그리핀이 덧붙이고, 가짜 거북은 계속 말했어.

"……두 걸음 앞으로 가서……"

"각자 바닷가재를 짝으로 삼아!"

그리핀이 소리치자, 가짜 거북이 대답했어.

"그래, 맞아, 두 걸음 앞으로 가서 짝과 마주 서고……"

"……바닷가재를 바꾸고 똑같은 순서로 물러나."

그리핀이 계속 말하고, 가짜 거북은 이어갔어.

"그런 다음엔 힘껏 던지는 거야……"

"바닷가재를!"

그리핀이 소리치며 공중으로 뛰어올랐어.

"……모든 힘을 다해서 바다 멀리……"

"그 뒤를 쫓아서 헤엄쳐!"

그리핀이 소리쳤어.

"바다에서 공중제비를 돌아!"

가짜 거북도 소리치며 깡충깡충 뛰었어.

"바닷가재를 바꿔!"

그리핀이 소리쳐 말했어.

"육지로 다시 돌아가! 여기까지 첫 번째 춤이야."

가짜 거북이 말하더니, 갑자기 목소리를 떨어뜨렸어. 미친 듯이 펄쩍펄쩍 뛰던 그리핀 역시 가짜 거북처럼 갑자기 앉아서 앨리스를 슬픈 표정으로 가만히 쳐다보았어.

"춤이 참 아름답겠어."

앨리스가 주저하며 말하자, 가짜 거북이 물었어.

"조금 구경하고 싶니?"

"정말 구경하고 싶어."

"이리 와, 첫 번째 춤을 춰보자. 바닷가재 없이도 출 수 있잖아. 노래는 누가 부를까?"

가짜 거북이 말하자, 그리핀이 대답했어.

"네가 불러. 나는 가사를 잊어버렸어."

그래서 둘은 앨리스 주변을 빙글빙글 돌며 엄숙하게 춤추기 시작해, 너무 가까이 돌 때는 앨리스 발가락도 이따금 밟으며 앞발을 흔들어서 박자를 맞추고, 가짜 거북은 계속 노래했어, 정말 느리고 슬프게.

대구가 달팽이한테 말했네.

"조금만 빠르게 걸을래? 바로 뒤에서 돌고래가 쫓아오며 꼬리를 밟아.

바닷가재든 거북이든 얼마나 열심히 걷는지 보라고!

조약돌 해변에서 모두 기다리잖아…… 너도 와서 춤출래?

너도 와서 춤출래, 안 출래, 춤출래, 안 출래, 춤출래, 안 출래?

너도 와서 춤추지 않을래, 춤출래, 안 출래, 춤출래, 안 출래?

저들이 우리를 들어서 바다 멀리, 바닷가재와 함께 던지면

얼마나 재밌는지 너는 조금도 몰라!"

하지만 달팽이는 "너무 멀어, 너무 멀어!" 대답하고 곁눈질로 쳐다보며

친절하게 권해서 고맙지만, 함께 춤추지 않겠다고 대구한테 말했지.

함께 춤추지 않을래, 못 출래, 않을래, 못 출래, 않을래, 못 출래.

함께 못 출래, 않을래, 못 출래, 않을래, 못 출래, 않을래, 못 출래.

몸에 비늘이 가득한 친구가 대답했어. "멀리 간다고 해서 뭐가 문제야?

건너편에도 해안이 있다고

영국에서 멀리 벗어나면 프랑스가 그만큼 가까운 거야……

그러니 겁먹지 마, 사랑하는 달팽이야, 이리 와서 춤추자.

춤출래, 안 출래, 춤출래, 안 출래, 춤출래?

춤추지 않을래, 춤출래, 안 출래, 춤출래?"

"고마워, 춤이 재미있네. 대구 노래도 신기해! 마음에 꼭 들어!"

앨리스가 말했어. 마침내 끝나서 정말 기뻤거든.

그런데 가짜 거북이 묻는 거야.

"아, 대구 말이 나왔으니 말인데, 그들은…… 너도 대구를 봤겠지,

당연히?"

"그럼, 자주 봤지, 저녁 식……"

앨리스가 말하다 입을 얼른 다물자, 가짜 거북이 말했어.

"저녁식이 어딘지 모르겠는데, 대구를 자주 봤다면, 대구가 어떻게 생겼는지도 당연히 알겠군."

앨리스는 깊이 생각하며 대답했어.

"그렇겠지. 대구는 입으로 꼬리를 문 것 같아…… 온몸은 빵가루를 뒤집어쓰고."

"빵가루는 아니야. 빵가루는 바다에서 모두 쓸려나가거든. 하지만 입으로 꼬리를 문 건 맞아. 이유는……"

가짜 거북이 말하는 도중에 하품하더니, 두 눈을 감으며 그리핀에게 말했어.

"이유 등등은 네가 말해."

그래서 그리핀이 말했지.

"이유는 대구가 바닷가재랑 춤추러 가야 하기 때문이야. 그래서 먼 바다로 던져야 하기 때문이야. 그래서 아주 깊이 떨어져야 하기 때문이야. 그래서 입으로 꼬리를 단단히 무는 거야. 그래서 꼬리를 뺄 수 없는 거야. 그게 전부야."

"고마워. 정말 재미있어. 예전에는 대구를 잘 몰랐거든."

"내가 더 알려줄 수도 있어, 네가 원한다면. 대구를 대구(whiting)라고 부르는 이유가 뭔지 아니?"

그리핀이 묻는 말에 앨리스가 대답했어.

"그건 생각한 적 없는데, 왜야?"

"구두와 장화를 닦기 때문이야."

그리핀이 엄숙하게 설명하자, 앨리스는 어리둥절했어. 그래서 의아한 어투로 똑같이 말했지.

"구두와 장화를 닦기 때문이라!"

"그래, 너는 구두를 무얼로 닦니? 내 말은 무얼로 구두를 반짝이게 하니?"

그리핀이 묻자, 앨리스는 구두를 내려다보며 가만히 생각하다 대답했어.

"까만 구두약으로."

그러자 그리핀이 그윽한 목소리로 다시 말했어.

"깊은 바다에서 구두와 장화는 하얀 구두약(whiting)으로 닦아. 이제 알겠니?"

"구두와 장화는 뭐로 만드는데?"

앨리스는 정말 신기하다는 어투로 묻고, 그리핀은 짜증스럽다는 어투로 대답했어.

"가자미(Sole: 신발 밑창이란 뜻이 있음: 역주)랑 뱀장어지, 당연히. 제일 멍청한 생선도 아는데, 너는 그것도 모르니?"

그러자 앨리스는 머릿속에 노래 가사가 가득한 터라 이렇게 대답했어.

"내가 대구였다면 돌고래한테 '뒤로 떨어져. 그렇게 바싹 쫓아오지 마!'라고 했을 거야."

그러자 가짜 거북이 끼어들었어.

"그들은 돌고래랑 함께 갈 수밖에 없어. 똑똑한 생선은 돌고래가 없으면 아무 데도 안 가."

"정말?"

앨리스가 깜짝 놀라서 묻자, 가짜 거북이 대답했어.

"당연하지. 생선 한 마리가 찾아와서 먼 길을 떠난다고 하면, 당연히 나는 '어떤 돌고래(porpoise)랑?' 하고 물을 거야."

"어떤 목적(purpose)으로[28] 가느냐고 묻는다는 뜻 아니야?"

"내가 말한 뜻 그대로야."

가짜 거북이 기분 나쁘단 투로 대답하자, 그리핀이 끼어들었어.

"이봐, 네가 겪은 모험담이나 들려주렴."

"모험담을 말할 순 있지만…… 오늘 아침부터 시작하는 거야. 어제로 돌아간 건 소용이 없거든. 당시에는 내가 완전히 다른 사람이라서."

"그것도 모두 설명해."

가짜 거북이 말하자, 그리핀이 짜증스런 어투로 반박했어.

"아니야, 아니야! 모험담부터 해. 설명하려면 시간이 끔찍하게 드니까."

그래서 앨리스는 하얀 토끼를 처음 본 걸 시작으로 모험담을 늘어놓았어. 가짜 거북과 그리핀이 두 눈과 입을 커다랗게 벌린 채 양쪽 옆에 바싹 달라붙어, 앨리스는 처음에 신경이 약간 쓰이긴 해도 얘기를 계속하는 사이에 용기가 생겼어. 가짜 거북과 그리핀이 정말 조용히 듣는 가운데 앨리스는 애벌레에게 '나이가 많으세요, 아버지 윌리엄'을 읊어주던 부분까지 왔는데, 그 내용이 완전히 다르게 흘러나오자, 가짜 거북은 숨을 깊이 들이마시더니, "정말 이상하다"고 말했어.

"그래, 더없이 이상해."

그리핀이 맞장구치자, 가짜 거북은 깊이 생각하는 표정으로 말했어.

"모두 다르게 흘러나와! 저 아이가 다른 걸 읊는 소리를 듣고 싶어. 저 아이한테 한번 읊어보라고 해."

그러면서 그리핀을 쳐다보는데, 앨리스를 휘어잡는 힘이 있다고 생각하는 것 같았어. 그래서 그리핀이 명령했지.

"어서 일어나, '이건 게으름뱅이 목소리다'를 읊어봐."

---

28) 돌고래(porpoise)와 목적(purpose)은 철자가 비슷해서 말장난한 거다.

앨리스는 '이 친구들은 아무렇지 않게 명령하면서 공부한 내용을 읊으라고 해! 학교에서 공부하는 느낌이야'라는 생각이 들었어. 하지만 벌떡 일어나서 읊기 시작하는데, 머릿속에 바닷가재 춤이 가득하다 보니, 자신이 무슨 말을 하는지도 모르는 사이에 이상한 말이 흘러나왔어.

이건 바닷가재 목소리야. '나를 너무 많이 구워,
머리칼에 설탕을 뿌려야 하겠어요'라는 소리.
오리는 눈꺼풀로, 바닷가재는 코로
허리띠와 단추를 잘라내고 발가락을 돌리네.
모래가 마르면 바닷가재는 종달새처럼 흥겹고,
상어처럼 거만하게 말하네.
하지만, 밀물이 들어서 상어 떼가 몰려오면
겁나서 목소리가 덜덜 떨린다네.

"내가 어릴 적에 읊던 내용이랑 달라."

그리핀이 말하자, 가짜 거북이 거들었어.

"으음, 처음 듣는 내용이야. 이상하고 엉뚱해."

앨리스는 아무 말도 안 하고 가만히 앉아서 두 손으로 얼굴을 가린 채, 이렇게 이상한 일이 결국 끝나긴 하는 건가 곰곰이 생각했어. 그런데 가짜 거북이 말하는 거야.

"설명을 듣고 싶어."

하지만 그리핀이 황급히 반박했지.

"저 아이는 설명을 못 해. 다음 내용으로 넘어가."

"하지만 바닷가재 발가락은 어쩌고? 바닷가재가 코로 발가락을 어떻게 돌린다는 건지, 너는 알아?"

가짜 거북이 묻자, 앨리스는 "그건 처음 춤추는 동작"이라고 설명했어. 하지만 모든 게 너무나 혼란스러워서 대화 방향을 얼른 돌리고 싶었지. 그러나 그리핀은 짜증까지 내며 요구했어.

"다음으로 넘어가. '나는 그 사람 정원을 지났네'로 시작하는 내용."

앨리스는 명령을 거부할 용기가 없어, 엉뚱한 내용이 나올 게 분명하다고 느끼면서도 덜덜 떨리는 목소리로 읊조렸어.

나는 그 사람 정원을 지나며, 보았네, 살며시,
올빼미와 표범이 파이를 어떻게 나눠 먹는지……
표범은 파이 껍질과 소스와 고기를 차지하고
올빼미는 파이 속살과 접시를 차지했어.
파이를 모두 먹자, 올빼미는 다행히도
숟갈을 가져도 된다고 허락받았어.
표범은 으르렁대며 나이프와 포크를 차지하고.

그러면서 잔치는 끝나……

가짜 거북이 불쑥 끼어들었어.

"이런 걸 읊어서 뭐한담, 설명도 안 할 거라면? 이건 내가 지금까지 들은 것 가운데 가장 혼란스러워!"

"그래, 관두는 게 좋겠어."

그리핀도 말해서 앨리스는 정말 기쁜 마음으로 그만뒀어. 그러자 그리핀이 물었지.

"우리 바닷가재 춤이나 계속 출까? 아니면 가짜 거북이 노래하는 게 좋겠니?"

"당연히 노래지, 가짜 거북이 그럴 마음만 있다면."

앨리스가 너무 열심히 대답한 나머지, 그리핀은 기분이 상한 어투로 말했어.

"으음! 취향 가지고 뭐라 할 순 없겠지! 저 아이한테 '거북이 수프'나 불러줄래, 친구?"

가짜 거북은 한숨을 깊이 내쉬더니, 흐느끼느라 목멘 소리로 이렇게 노래했어.

"아름다운 수프, 국물이 진하고 신선한 수프가
뜨거운 냄비에서 기다리누나!
이렇게 근사한 수프에 누가 달려들지 않을까?
초저녁 수프, 아름다운 수프!
초저녁 수프, 아름다운 수프!
아르음다우운 수우프으!
아르음다우운 수우프으!

125

초오저어녁 수우프으,
아름답고 아름다운 수프!

아름다운 수프! 생선이든 고기든
다른 음식이든, 누가 좋아할까?
아름다운 수프를 두 숟갈만 먹을 수 있다면
아름다운 수프를 두 숟갈만 먹을 수 있다면
다른 음식을 무어든 안 내놓을 사람이 누굴까?
아르음다우운 수우프으!
아르음다우운 수우프으!
초오저어녁 수우프으,
아름답고 아름다운 수프!"

"후렴, 한 번 더!"

그리핀이 소리치고 가짜 거북은 다시 노래하는 순간에 "재판을 시작한다!"는 소리가 멀리서 들리는 거야.

"가자!"

그리핀이 소리치더니 한 손으로 앨리스를 잡고 급히 떠났어, 노래가 끝나는 걸 기다리지도 않고.

"무슨 재판인데?"

앨리스가 물으며 헐레벌떡 쫓아가는데, 그리핀은 "가자!"고 말하며 더욱 빠르게 달릴 뿐이고, 우울한 노랫소리는 산들바람을 타고 쓸쓸하게 따라오다 조금씩 줄어들었어.

"초오저어녁 수우프으,
아름답고 아름다운 수프!"

126

11. 누가 파이를 훔쳤나?

둘이서 다가가니, 하트 왕과 여왕은 옥좌에 앉았고, 군중은 주변에 모였어. 온갖 새와 짐승을 비롯해 트럼프 카드 한 벌 전체가 모인 건데, 잭 카드는 사슬에 묶인 채 앞에 있고 병사 두 명은 양옆에서 지키고, 하얀 토끼는 왕 옆에 있는데, 한 손에 나팔을 들고 다른 손에 양피지 두루마리를 들었어. 재판정 가운데에 탁자가 있고, 탁자에는 접시가 있고, 접시에는 조그만 파이가 가득한데, 정말 먹음직한 나머지 앨리스는 그걸 보는 순간에 정말 배가 고팠어. '재판을 어서 끝내고 간식으로 나눠주면 좋겠다!'는 생각이 절로 들었지. 하지만 재판은 금방 끝날 것 같지 않아, 앨리스는 주변을 찬찬히 훑어보며 시간을 보냈어.

앨리스는 재판정에 들어온 게 처음이지만 책에서 읽어, 자신이 다양한 명칭을 안다는 사실을 깨닫고 정말 기뻤어. '저건 재판장이야, 커다란 가발을 썼잖아' 하고 속으로 중얼거렸어. 그런데 재판장은 왕이야.

가발 위에 왕관을 걸쳤는데, 편해 보이지 않는 건 물론 어울리지도 않아, 한눈에 알 정도로. 이런 생각도 들었어.

'그리고 저긴 배심원석인데, 저 생물(앨리스는 "생물"이라고 표현할 수밖에 없었어, 일부는 동물이고 일부는 새라서) 열둘이 배심원인 것 같아.'

앨리스는 마지막 명칭을 속으로 두세 차례 되풀이하면서 자랑스러워했어. 같은 또래 여자애 가운데 이런 걸 아는 아이는 거의 없을 거라는 생각이 들었거든. 하지만 "배심원단"이라고 표현하면 훨씬 좋았을 거야.

열두 배심원은 하나같이 뭔가를 석판에 바쁘게 쓰는 중이야. 그래서 앨리스가 그리핀에게 물었어.

"저들이 뭘 적는 거야? 아직은 적을만한 내용이 없잖아, 재판을 시작도 안 했으니."

그리핀이 속삭이며 대답했지.

"자기네 이름을 적는 거야, 재판이 끝나기도 전에 이름을 잊어먹을까 걱정스러워서."

"멍청한 바보들!"

앨리스는 화난 목소리로 커다랗게 말하다 입을 재빨리 다물었어. 하얀 토끼가 "재판정에서 침묵!" 하며 소리치고, 왕은 안경을 쓰고서 주변을 둘러보며 누가 떠드는지 찾아내는 중이었거든.

앨리스는 배심원이 석판에 '멍청한 바보들!'이라고 하나같이 적는 걸 바로 뒤에서 쳐다보듯 또렷하게 보았어. '멍청한'이란 철자를 몰라서 옆에다 묻는 배심원조차 있었지. 앨리스는 '재판이 끝나기도 전에 석판이란 석판은 몽땅 뒤죽박죽으로 엉키겠군!' 하는 생각이 절로 들었어.

　배심원 한 명은 연필을 끄적일 때마다 끽끽 소리가 났어. 그 소리를 도저히 견딜 수 없어, 앨리스는 재판정을 빙글 돌아서 뒤로 가, 틈을 노리다 재빨리 빼앗았어. 너무 순식간이라서 가련한 배심원은 (도마뱀 빌이었는데) 연필이 어디로 사라졌는지조차 몰라, 이리저리 찾다가 결국엔 손가락 하나로 온종일 적는데, 소용은 없었어. 석판에 아무런 표시도 안 남았거든.

　"사자는 고발장을 읽어라!"

　왕이 말하자, 하얀 토끼는 나팔을 세 번 불더니, 양피지 두루마리를 펼쳐서 이렇게 읽었어.

> "하트 여왕께서 조그만 파이를
> 여름날 온종일 만드셨다.
> 하트 잭은 그 파이를 훔쳐
> 다른 데로 조용히 가져갔다!"

"평결하라."

왕이 배심원에게 말하자, 토끼가 재빨리 끼어들었어.

"아직은 아닙니다, 아직은 아닙니다! 그 전에 밟아야 할 절차가 엄청 많습니다!"

"첫 번째 증인을 불러라."

왕이 말하자, 하얀 토끼는 나팔을 세 번 불고 소리쳤어.

"첫 번째 증인!"

첫 번째 증인은 모자장수야. 한 손에 찻잔을 다른 손에 버터 빵을 들고 나타나더니, 이렇게 말하는 거야.

"이런 걸 들고 와서 죄송합니다, 폐하. 하지만 차를 다 마시기도 전에 여기로 오라는 명령을 들었습니다."

"그래도 다 마셨어야지. 언제부터 마신 거지?"

왕이 묻자, 모자장수는 3월 토끼를 쳐다본 다음에 대답했어. 3월 토끼는 바로 뒤에서 재판정으로 들어왔는데, 겨울잠쥐랑 팔짱을 낀 상태야.

"3월 14일이었던 것 같습니다."

"15일."

3월 토끼가 반박했어.

"16일."

겨울잠쥐도 반박했어.

"받아적어라."

왕이 배심원에게 말하자, 배심원은 세 날짜를 석판에 열심히 받아적 더니, 그 숫자를 모두 합한 다음, 돈이 얼마인지 기록했어.

"네 모자를 벗어라."

왕이 말하자, 모자장수가 대답했어.

"이건 제 모자가 아닙니다."

"훔쳤군!"

왕이 소리치며 배심원을 바라보자, 배심원 모두 재빨리 기록했어. 하지만 모자장수는 이렇게 설명했지.

"제가 지닌 모자는 모두 파는 겁니다. 제 모자는 하나도 없습니다. 저는 모자장수입니다."

여기에서 여왕은 안경을 고쳐 쓰며 자세히 노려보고, 모자장수는 얼굴이 하얗게 질린 채 덜덜 떨고, 왕은 다시 말했어.

"증거를 대라. 그리고 덜덜 떨지 마라. 안 그러면 내가 너를 곧바로 처형하겠다."

이 말은 아무런 도움도 안 된 것 같아. 모자장수는 이 발 저 발로 체중을 끊임없이 옮기며 불안한 눈으로 여왕을 쳐다보다, 너무 당황한 나머지 버터 빵 대신 찻잔을 한 움큼 깨물었거든.

바로 이때, 앨리스는 정말 이상한 기분이 들어서 엄청 당황하다 이유를 깨달았어. 몸뚱이가 다시 커지기 시작한 거야. 그래서 처음에는 벌떡 일어나 밖으로 나갈까 생각했는데, 다시 생각하고서 재판정에 여유가 있는 한 그대로 있기로 했어.

"밀지 않으면 좋겠어. 숨을 쉴 수가 없다고."

겨울잠쥐가 말했어. 앨리스 바로 옆이거든.

"나도 별수 없어. 키가 커진다고"

앨리스가 힘없이 대답하자, 겨울잠쥐도 다시 말했어.

"너는 여기에서 키가 클 권리가 없어."

"말도 안 되는 소리 그만해. 너도 키가 자라잖아."

앨리스가 대담하게 반박하자, 겨울잠쥐는 말했어.

"그렇긴 하지만 나는 적당한 속도로 큰다고, 그렇게 이상한 속도가
아니라."

그러더니 부루퉁한 표정으로 일어나서 재판정을 가로지르며 반대편
으로 갔어.

이러는 동안 여왕은 모자장수를 끊임없이 노려보더니, 겨울잠쥐가
재판정을 가로지르는 순간, 재판정 관리에게 명령했어.

"지난번 음악회에서 노래한 가수들 명단을 가져오라!"

이 말에 가련한 모자장수는 덜덜 떨었어, 양쪽 신발이 벗겨질 정도
로. 하지만 왕은 잔뜩 화내며 다시 소리쳤지.

"증거를 대라. 아니면 네놈을 처형하겠다, 네놈이 겁먹든 아니든."

모자장수는 덜덜 떨리는 목소리로 사정했어.

"저는 불쌍한 사람입니다, 폐하…… 제가 차를 마신 건…… 일주일
도 안 되고…… 버터 빵은 계속 줄어들고…… 차는 반짝이고……"

"뭐가 반짝여(twinkling)?"

왕이 묻자, 모자장수가 대답했어.

"차(tea, T: 역주)로 시작합니다."

그러자 왕이 날카롭게 말했어.

"반짝(twinkling)이는 건 당연히 T로 시작하지! 네놈은 나를 바보로
아느냐? 계속해라!"

"저는 불쌍한 사람이고, 모든 건 나중에 반짝이는데…… 3월 토끼가
말하길……"

"내가 안 했어!"

3월 토끼가 황급히 끼어들자, 모자장수가 다시 말했어.

"네가 했어!"

"저는 부인합니다!"

3월 토끼가 말하자, 왕이 결정했어.

"3월 토끼가 부인하니, 그냥 넘어가자."

"으음, 어쨌든, 겨울잠쥐가 말하길……"

모자장수가 다시 얘기하며 행여나 부인하는 건 아닐까 불안한 눈으로 뒤를 돌아보는데, 겨울잠쥐는 아무것도 부인하지 않고 깊은 잠에 빠져들 뿐이야. 그래서 모자장수는 계속 말했지.

"그런 다음에 저는 버터 빵을 또 자르고……"

"그런데 겨울잠쥐가 뭐라고 했소?"

배심원 한 명이 물었어.

"기억이 안 납니다."

모자장수가 대답하니, 왕이 선언했어.

"기억하라, 아니면 너를 처형하겠다."

모자장수는 절망한 나머지 찻잔과 버터 빵을 떨어뜨리더니, 한쪽 무릎을 꿇고 애원했어.

"저는 불쌍한 사람입니다, 폐하."

"그래, 너는 말솜씨가 정말 불쌍하구나."

왕이 말하자, 기니피그 한 마리가 손뼉 치며 좋아하다 재판정 관리에게 곧바로 제지당했어. 제지당했다는 건 꽤 어려운 단어니까 어떻게 했는지 알려줄게. 커다란 부댓자루가 있어. 입구를 밧줄로 묶는 건데, 기니피그를 거기에 머리부터 넣고서 그냥 눌러앉는 거야. 앨리스는 이런 생각이 절로 들었지.

'저러는 광경을 내 눈으로 직접 봐서 다행이야. 재판이 끝날 즈음에

"손뼉 치며 좋아하려고 하자 재판정 관리들이 곧바로 제지했다"는 기사를 신문에서 자주 읽었는데, 지금까지 무슨 말인지 몰랐거든.'

"네놈이 아는 건 그게 전부라면, 내려가도 좋다."

왕이 말하자, 모자장수가 대답했어.

"밑으로 내려갈 수 없습니다. 저는 지금 바닥에 있습니다, 보시다시피."

"그렇다면 앉아도 좋다."

왕이 말했어. 그러자 다른 기니피그가 손뼉 치며 좋아하다가 또 제지당했어.

앨리스는 이렇게 생각했지.

'기니피그는 저게 마지막이야! 이제 재판을 훨씬 잘하겠어.'

"저는 차를 마저 마시고 싶습니다."

모자장수가 말하며 불안한 눈으로 여왕을 살피는데, 여왕은 가수 명단을 보는 중이야.

"가도 좋다."

왕이 말하자, 모자장수는 재판정을 황급히 떠났어, 신발을 신을 여유조차 없이.

"······그래서 바깥에 나가자마자 저놈 머리를 잘라라."

여왕이 관리 한 명에게 덧붙였어. 하지만 관리가 밖으로 나가기도 전에 모자장수는 흔적도 없이 사라졌지.

"다음 증인을 불러라!"

왕이 말했어.

다음 증인은 공작 부인 요리사야. 한 손에 후추통을 들었는데, 앨리스는 요리사가 재판정으로 들어서기 전부터 입구 주변에 모인 사람들이 한꺼번에 재채기하는 걸 보고서 누군지 짐작했지.

"증거를 대라."

왕이 명령하자, 요리사는 거부했어.

"싫습니다."

왕이 하얀 토끼를 걱정스러운 눈으로 쳐다보자, 하얀 토끼가 나지막한 목소리로 거들었지.

"폐하께서 증인한테 반대 신문을 하셔야 합니다."

"으음, 그래야 한다면 그래야 하겠지."

왕이 대답하는데 울적한 기색이야. 그러더니 팔짱을 끼고 요리사에게 인상을 찡그렸어. 그러다 두 눈이 거의 안 보일 즈음에 묵직한 목소리로 물었지.

"조그만 파이는 무엇으로 만드느냐?"

"대체로 후추."

요리사가 대답하자, 바로 뒤에서 졸린 목소리가 덧붙였어.

"당밀."

그러자 여왕이 날카롭게 소리쳤지.

"겨울잠쥐를 잡아라! 겨울잠쥐 목을 베라! 겨울잠쥐를 재판정에서 쫓아내라! 제지하라! 꼬집어라! 수염을 잡아빼라!"

순간적으로 재판정 전체가 혼란에 빠졌어, 겨울잠쥐를 밖으로 쫓아내느라. 분위기가 다시 차분하게 가라앉을 즈음엔 요리사가 사라지고 없었지. 하지만 왕은 오히려 다행스럽다는 표정으로 말했어.

"괜찮다! 다음 증인을 불러라."

그리고 여왕에게 나지막하게 덧붙였어.

"진짜, 여보, 다음 증인은 당신이 반대 신문하세요. 나는 머리가 지근거린다오!"

하얀 토끼는 명단을 만지작거리고 앨리스는 그런 토끼를 가만히 바라보았어. 다음 증인은 누구일지 정말 궁금했거든. 그러면서 속으로 '아직 별다른 증언이 안 나왔잖아' 하고 생각했어. 그러니 하얀 토끼가 조그만 목소리를 날카롭게 끌어올려 "앨리스!"라고 발표할 때, 앨리스가 얼마나 놀랐을지 상상해 봐.

12. 앨리스의 증언

"여기 있어요!"

앨리스가 소리쳤어, 몇 분 사이에 몸뚱이가 많이 커졌다는 사실을 깜빡 잊고서. 황급히 일어나느라 치맛자락 모서리가 배심원석을 휩쓰는 바람에 배심원 전체가 깜짝 놀라며 그 아래쪽으로 꼬꾸라져 큰 대자로 널브러진 모습을 보니, 한 주 전에 실수로 금붕어 어항을 뒤엎은 장면이 그대로 떠올랐어.

"어머나, 미안해요!"

앨리스는 엄청 당황한 어투로 소리치곤, 배심원들을 최대한 빨리 집어 들기 시작했어. 금붕어 사건이 머리에 가득한 터라, 당장 집어서 배심원석에 돌려놓지 않으면 죽을 거란 느낌이 막연하게 떠올랐거든. 왕 역시 엄숙한 목소리로 선언했지.

"배심원을 자기 자리에 모두 돌려놓을 때까지 재판을 진행할 수 없다…… 모두."

　그러더니 다시 한번 되풀이해서 강조하며 앨리스를 뚫어져라 쳐다
보았어.

　앨리스는 배심원석을 바라보고, 자신이 급히 서두는 바람에 불쌍한
도마뱀이 머리부터 거꾸로 처박혀서 꼼짝달싹할 수 없어 꼬리만 구슬
프게 흔드는 걸 깨달았어. 그래서 재빨리 집어 제대로 놓아주며 속으로
중얼거렸어.

　'이건 별로 중요하지 않아. 도마뱀이 똑바로 앉든 거꾸로 앉든 재판
에 별다른 영향은 없을 테니까.'

　배심원은 거꾸로 꼬꾸라진 충격에서 어느 정도 회복하고 주변에서
석판과 연필을 찾아 건네자마자, 지금 막 일어난 사건을 모두 열심히

적기 시작했어, 도마뱀만 빼고. 도마뱀은 아직도 충격에서 벗어나지 못한 듯 가만히 앉아서 입을 쩍 벌린 채 재판정 천장만 멍하니 바라보았거든.

"이번 일에 대해서 너는 무엇을 아느냐?"

왕이 묻자, 앨리스는 대답했어.

"하나도 없습니다."

"무엇 하나 없다고?"

왕이 다시 묻고, 앨리스는 그대로 대답했어.

"무엇 하나 없습니다."

"정말 중요한 증언이군."

왕이 말하며 배심원을 바라보았어. 그러자 모든 배심원이 이 말을 석판에 막 적으려고 하는데, 하얀 토끼가 끼어들었지.

"폐하 말씀은 안 중요하다는 뜻입니다."

목소리는 매우 존경한다는 어투인데 얼굴은 잔뜩 찌푸리며 인상 썼어.

"물론 안 중요하다는 뜻이다."

왕도 급히 선언하곤, 혼자서 조그만 소리로 "중요하다…… 안 중요하다…… 중요하다…… 안 중요하다……"고 속삭였어. 뭐가 더 그럴싸하게 들리는지 알아보려는 것처럼 말이야.

배심원 일부는 '중요하다'고 적고, 일부는 '안 중요하다'고 적었어. 바로 옆이라서 앨리스가 석판을 모두 보았거든. 하지만 '아무래도 상관없다'고 속으로 중얼거렸지.

바로 그때 왕이 공책에 뭔가 바쁘게 적더니, "조용, 조용!" 하고 소리치곤 공책에 적은 내용을 읽었어.

"규칙 42조. 키가 일 킬로미터를 넘는 인간은 재판정에서 나가야 한다."

모두가 앨리스를 쳐다보았어.

"저는 키가 일 킬로미터는 아닙니다."

앨리스가 말하자, 왕이 반박했어.

"일 킬로미터 이상이다."

"이 킬로미터는 되는 것 같아."

여왕이 덧붙였어.

"으음, 어쨌든 나가지 않겠습니다. 게다가 그건 정식 규칙도 아닙니다. 지금 막 만든 겁니다."

앨리스가 항의하자, 왕이 대답했어.

"그건 이 공책에서 가장 오래된 규칙이다."

"그렇다면 규칙 1조여야 하잖아요."

앨리스가 지적하니, 왕은 얼굴이 하얗게 변한 채 공책을 급히 닫고, 배심원에게 덜덜 떨리는 목소리로 나지막이 말했어.

"평결하라."

그러자 하얀 토끼가 펄쩍펄쩍 뛰며 다급하게 말렸어.

"증거가 더 나와야 합니다, 폐하. 지금 막 이 종이를 주웠습니다."

"어떤 내용인데?"

여왕이 묻자, 하얀 토끼가 대답했어.

"아직 안 열어봤지만, 편지 같습니다, 죄수가 누군가한테…… 누군가한테 보낸 편지."

"당연히 그렇겠지. 편지를 써서 아무한테도 안 보낸다면 그게 더 이상하니까."

왕이 말하자, 배심원 한 명이 물었어.

"누구한테 보낸 건가요?"

"주소는 안 적혔습니다. 사실, 겉에 아무것도 없습니다."

하얀 토끼가 대답하며 종이를 펼치더니, 이렇게 덧붙였어.

"편지가 아닙니다. 시 한 편입니다."

"죄수 필체인가요?"

다른 배심원 한 명이 묻자, 하얀 토끼가 대답했어.

"아닙니다. 바로 그게 제일 이상합니다."

(배심원이 하나같이 어리둥절한 표정으로 바라보았어.)

"다른 사람 필체를 훔친 게 분명하다."

왕이 말했어.

(배심원 얼굴이 다시 하나같이 밝아졌어.)

"폐하, 저는 그걸 쓰지 않았으며, 누구도 제가 썼다고 증명할 수 없습니다. 끝에 제 서명도 없으니까요."

잭이 주장하자, 왕이 반박했어.

"네가 서명하지 않았다면 그건 그만큼 더 나쁘다는 거다. 네가 나쁜 짓을 하려고 마음먹은 게 분명하니 말이다. 그렇지 않다면 솔직하게 서명하지 않겠느냐!"

사방에서 박수 소리가 크게 일어났어. 왕이 똑똑한 말을 처음으로 했거든.

"그건 잭이 유죄라는 걸 증명한다."

여왕이 말하자, 앨리스가 끼어들었어.

"그게 증명하는 건 하나도 없습니다! 어떤 내용인지도 모르잖습니까!"

"내용을 읽어라."

왕이 말하자, 하얀 토끼는 안경을 쓰고 물었어.

"어디부터 읽을까요, 폐하?"

"시작부터 시작해서 끝날 때 끝내라."

왕이 엄숙하게 명령했어.

하얀 토끼가 읽은 시는 이런 내용이야.

"사람들 말이 그대는 그 여인을 찾아가
그 남자에게 내 이야기를 했는데,
그 여인은 나를 좋게 말하면서도
나는 수영할 수 없다고 했다네.

그 남자는 내가 안 갔다는 말을
그들에게 하고 우리는 진짜 그렇다는 걸 아는데
그 여인이 그 문제를 계속 밀어붙인다면
그대는 어떻게 되는가?

나는 그 여인에게 하나를 주고, 그들은 그 남자에게 두 개를 주고,
그대는 우리에게 세 개 이상을 주었어.
그들이 그 남자에게 모두 돌려받아 그대에게 주었거든.
하지만 그것은 원래 모두 내 것이었어.

나나 그 여인이 행여나
이번 사건에 말려든다면,
그 남자는 그대가 자유롭게 풀어줄 거라고 믿어,
우리가 원래 그런 것처럼.

내가 보기에 그대는
(그 여인이 이번에 폭발하기 전까지)
그 남자와 우리와 그것
사이를 가로막는 장애물이었던 것 같아.

그 여인이 그들을 제일 좋아한다는 걸 그 남자에게 알리지 마,

그건 영원히 그대와 나만 알고,

다른 사람은 하나도 모르는

비밀이어야 하거든."

"이건 우리가 지금까지 들은 것 가운데 가장 중요한 증거다. 그러니 이제 배심원은……"

왕이 말하며 손을 비비는데, 앨리스가 끼어들었어. 이제 정말 크게 자라난 터라 중간에 끼어드는 게 조금도 겁나지 않았거든.

"어느 배심원이라도 그걸 제대로 설명한다면, 내가 6펜스 은화를 주겠습니다. 나는 그 글에 아무런 의미도 없다고 믿으니까요."

배심원은 하나같이 석판에 '여자애는 그 글에 아무런 의미도 없다고 믿는다'고 쓸 뿐, 글 내용을 설명하려는 배심원은 하나도 없었어.

"그 글에 아무런 의미도 없다면 굳이 찾으려고 애쓸 필요가 없으니, 수고를 많이 덜겠군."

왕이 말하더니, 시가 적힌 종이를 무릎에 펴서 한쪽 눈으로 쳐다보다가 이어 말했어.

"하지만 잘 모르겠어. 나는 이 내용에 상당한 의미가 있는 것 같거든. '나는 수영할 수 없다고 했다.' 너는 수영할 수 없어, 그치?"

왕이 덧붙이며 잭을 쳐다보자, 잭은 슬픈 표정으로 머리를 끄덕이며 반문했지.

"내가 수영할 수 있을 것처럼 보이나요?"

실제로 잭은 수영을 못할 게 분명해, 온몸이 종이거든. 그러자 왕은 시를 중얼대며 말했어.

"좋다, 그것까진. '우리는 진짜 그렇다는 걸 아는데……' 이건 당연

히 배심원을 말하는 거야. '나는 그 여인에게 하나를 주고, 그들은 그 남자에게 두 개를 주고……' 그래, 이건 그 남자가 조그만 파이를 받았다는 뜻이 분명하니……"

"하지만 이런 글도 있지요. '그들이 그 남자에게 모두 돌려받아 그대에게 주었다.'"

앨리스가 말하자, 왕은 탁자에 있는 조그만 파이를 가리키며 의기양양하게 말했어.

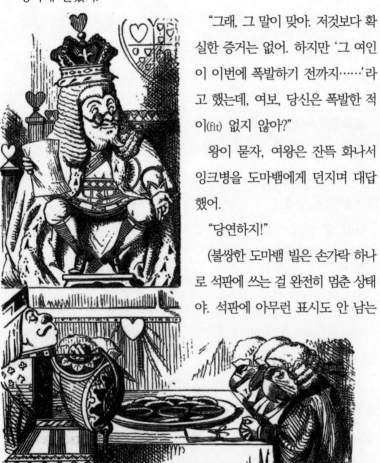

"그래, 그 말이 맞아. 저것보다 확실한 증거는 없어. 하지만 '그 여인이 이번에 폭발하기 전까지……'라고 했는데, 여보, 당신은 폭발한 적이(fit) 없지 않아?"

왕이 묻자, 여왕은 잔뜩 화나서 잉크병을 도마뱀에게 던지며 대답했어.

"당연하지!"

(불쌍한 도마뱀 빌은 손가락 하나로 석판에 쓰는 걸 완전히 멈춘 상태야. 석판에 아무런 표시도 안 남는

다는 걸 알았거든. 하지만 다시 재빨리 쓰기 시작했어, 얼굴에서 잉크가 줄줄 흘러내리는 걸 깨닫고.)

"그렇다면 그 말은 당신한테 안 맞는군(fit)."

왕이 말하고 빙그레 웃으며[29] 재판정을 둘러보니, 모두 잔뜩 얼어붙은 거야. 그래서 왕이 기분 상한 어투로 "내가 농담한 거야!"라고 덧붙여, 모두 웃자, 왕은 "이제 배심원은 평결하라"고 또 말했어. 벌써 스무 번째야.

"아니다, 아니다! 먼저, 판결하고…… 평결은 다음이다."

여왕이 소리치자, 앨리스가 커다랗게 반박했어.

"말도 안 되는 소리! 판결부터 하다니!"

"입 닥쳐!"

여왕이 소리쳤어, 얼굴이 새파랗게 질린 채.

"싫어요!"

앨리스도 대들었지.

"저 아이 머리를 베라!"

여왕이 목청껏 소리치는데, 아무도 꼼짝을 않는 거야.

"누가 너희를 겁낸대? 너희는 트럼프 카드 종이에 불과하다고!"

앨리스가 소리쳤어. 몸뚱이가 어느새 최대치로 불어났거든.

이 말에 카드 전체가 공중으로 솟구쳐오르며 앨리스에게 달려들었어. 앨리스는 겁도 나고 화도 나서 비명을 조그맣게 내지르며 모두 쳐서 떨어뜨리려 하다가, 자신은 강둑에 누워서 언니 무릎을 베고, 언니는 나무에서 떨어지며 얼굴로 흩날리는 낙엽을 부드럽게 쳐낸다는 걸 알아챘어.

"일어나, 앨리스! 맙소사, 무슨 잠을 그렇게 오래 자니?"

---

29) fit는 '폭발하다'와 '적합하다'란 뜻이 있어, 왕이 농담하고 웃은 거다.

"아, 정말 이상한 꿈을 꾸었어!"

앨리스가 말하곤, 자신이 이상한 나라에서 경험한 내용을, 여러분이 지금까지 읽은 내용을, 최대한 떠올리며 이야기했어. 그러자 언니가 뺨에 뽀뽀하며 말했어.

"정말 이상한 꿈이구나, 앨리스. 하지만 이제 집으로 뛰어가서 간식을 먹으렴. 간식 시간이 늦었구나."

앨리스는 벌떡 일어나서 뛰어갔어. 계속 뛰면서도 정말 멋진 꿈이라고 생각했지.

하지만 언니는 앨리스가 떠난 다음에도 그대로 앉아서 머리를 한 손에 기댄 채, 떨어지는 태양을 바라보며, 동생 앨리스가 겪은 놀라운 모험을 떠올리다 똑같은 꿈에 빠져들기 시작했어. 이번에는 언니가 꿈을 꾸는 거야.

처음에는 동생 앨리스가 꿈에 나타나는데, 이번에도 동생은 조그만 손을 무릎에 얌전하게 올려놓고 자신을 열심히 쳐다보며 눈빛을 반짝 였어. 동생이 이야기하는 소리도 그대로 들리고, 머리칼이 툭하면 내 려와서 눈을 찔러 조그만 머리를 이상하게 흔들며 뒤로 젖히는 모습도 그대로 보였어. 그래서 가만히 듣는데, 아니 듣는 것 같은데, 어린 동생이 꿈에서 보았다는 이상한 동물이 잔뜩 나타나며 주변 풍경이 생생하게 살아나는 거야.

기다란 풀은 발 옆에서 바스락대고, 하얀 토끼는 급히 지나고…… 겁에 질린 생쥐는 웅덩이에서 빠져나오려 애쓰며 물을 튕기고…… 3월 토끼가 영원히 안 끝나는 다과회를 친구들과 즐기느라 찻잔을 덜거덕대 는 소리도, 운이 하나도 없는 손님들 머리를 베라고 여왕이 날카롭게 외치는 소리도 들리고…… 돼지 아기는 공작 부인 무릎에서 다시 재채 기하고 접시와 쟁반은 이리저리 날아다니다 쨍그랑 깨지고…… 날카로 운 그리핀 소리도, 도마뱀 연필이 석판을 끽끽 긁는 소리도, 제지당한 기니피그가 숨 막혀 캑캑대는 소리도 새롭게 일어나, 멀리서 가짜 거북 이 구슬프게 울어대는 소리랑 뒤섞이며 공중을 가득 메웠어.

언니는 가만히 앉아 두 눈을 꼭 감은 채 자신이 이상한 나라에 들어 왔다고 생각했어. 하지만 두 눈을 뜨면 모든 게 따분하고 지루한 현실 로 돌아온다는 사실을, 풀은 바람에 흔들리는 거고 웅덩이 물결은 갈대 가 출렁이는 거라는 사실을, 덜거덕대던 찻잔은 가축 목에서 쨍그랑대는 종소리고, 여왕이 날카롭게 외치는 소리는 양치기 소년이 외치는 소리라는 사실을, 아기가 재채기하는 소리랑 날카로운 그리핀 소리도 다른 모든 소리처럼 농장이 바쁘게 돌아가는 소리라는 사실을, 가짜 거북이 쓸쓸하게 흐느끼는 소리는 멀리서 소 떼가 나지막이 우는 소리라는 사실을 깨달았지.

　마지막으로 언니는 어린 동생 앨리스가 나중에 어른으로 성장한 모습을, 어른으로 살아가는 동안 어릴 적 마음을 천진난만하고 사랑스럽게 간직한 모습을, 아이를 잔뜩 모아놓고 이상한 이야기를, 어쩌면 오랜 옛날에 꿈꾼 이상한 나라 이야기를 잔뜩 늘어놓아, 아이들이 눈빛을 반짝이며 열심히 듣는 모습을, 아이들이 천진난만하게 슬퍼하는 걸 공감하고 아이들이 천진난만하게 즐거워하는 걸 기뻐하며 자신이 보낸 어린 시절을, 행복한 여름날을 떠올리는 모습을 마음속에 그렸어.

　끝

작가 소개

　루이스 캐럴은 옥스퍼드 수학자 '찰스 루트위지 도지슨'의 필명이다. 찰스 루트위지란 본명을 라틴어 카롤루스 루도비쿠스로 번역하고 그 순서를 바꿔서 영어로 재번역한 거다.

　루이스 캐럴은 성공회 신부 '찰스 도지슨'과 '프랜시스 제인 루트위지' 사이에서 4남 7녀 가운데 셋째자 맏아들로 태어났다. 아버지는 성공회 신부로, 리치먼드 대집사와 리펀 성당 참사관을 겸했다.

　캐럴 형제는 외딴 시골 마을에 살아서 친구가 거의 없어도 나름대로 재미있게 지냈다. 캐럴은 재밌는 놀이를 만들어서 가족을 즐겁게 하는 실력이 어릴 때부터 탁월했다. 12세 때는 가족이 쓴 원고를 모아서 〈사제관 잡지 Rectory Magazines〉를 펴낼 정도였다. 그러나 〈유익하고 교훈적인 시 Useful and Instructive Poetry〉(1845, 1954년 출판)를 시작으로 〈사제관 잡지〉(대부분 출판되지 않았음)·〈사제관 우산 The Rectory Umbrella〉(1850~53)·〈Mischmasch〉(1853~62, 〈사제관 우산〉과 함께 1932년 출판) 등 현재까지 남은 글 대부분은 사실 캐럴 혼자 썼다.

캐럴은 요크셔 리치먼드 스쿨에 다닌 뒤(1844~45) 럭비 학교에 진학했다(1846~50). 하지만 천성적으로 수줍어하는 성격에 동료들도 괴롭혀서 공립학교 생활이 싫었다. 게다가 잦은 병치레로 한쪽 귀가 먹고 말을 심하게 더듬어, 럭비 학교를 졸업하고 1년 동안 아버지에게 개인교습을 받다, 옥스퍼드 크라이스트 처치 단과대학 입학을 허가받고, 1851년 1월 24일 학부생으로 입학했다. 1852년에는 수학과 고전과목에 두각을 나타내 장학생으로 뽑혔다.

1854년 수학 졸업시험을 1등하고, 그해 12월에 문학사 학위를 받고, '단과대학 학생장'이 되었으며, 이듬해는 특별연구원 자격을 획득했다. 그리고 죽을 때까지 모교에서 장학금을 받았다. 당시에는 특별연구원이라면 누구나 그렇듯, 크라이스트 처치 장학금에는 결혼하지 않는다는, 그리고 성직자가 된다는 조건이 붙었다.

캐럴은 1861년 12월 22일 영국국교회 집사가 되는데, 행여나 사제가 되려고 했다면 결혼도 하고 대학에서 교구도 배정받을 터였다. 하지만 결혼을 고려하다 자신은 사제로 부적합하다고 판단하고 독신을 선택했다.

캐럴은 어린이를 위한 문학작품뿐 아니라 훌륭한 사진도 남겼다. 영화배우 엘런 테리, 시인 앨프레드 테니슨, 시인이자 화가 단테 가브리엘 로제티 등, 인물 사진이 많다. 어려서 화가가 되려는 꿈을 가졌으나 이루지 못하자 사진으로 전환한 거다. 그래서 어린애에게 다양한 옷을 입히고 다양한 상황을 설정해서 사진 찍기를 좋아했으며, 나중에는 알몸사진까지 연구했으나, 귀한 시간을 너무 뺏는다고 느껴, 1880년에는 사진에서 아예 손을 뗐다. 갑작스러운 결정에 대해, 알몸사진을 찍는 동기가 불순했기 때문이라는 설도 있으나 확실한 증거는 없다.

캐럴은 〈이상한 나라의 앨리스〉라는 이야기를 지어내기 전에 시와

산문을 재미있게 엮은 작품 여러 편과 진지하긴 해도 수준은 약간 낮은 시 몇 편을 출판했다. 처음에는 익명으로 발표했으나, 1856년 3월에 발표한 시 〈고독 Solitude〉부터 루이스 캐럴이라는 필명을 썼다. 그리고 대학에서 발표한 학술서 이외의 모든 글에 이 필명을 썼다. 수학책을 많이 발표했으나 〈유클리드와 현대의 맞수들 Euclid and His Modern Rivals〉(1879)이 역사적인 가치를 지닐 뿐, 나머지는 중요하지 않다. 해학적인 시를 수록한 〈환영 Phantasmagoria and Other Poems〉(1869)은 나중에 증보해, 〈압운? 그리고 이성? Rhyme? and Reason?〉(1883)·〈세 차례의 일몰 Three Sunsets and Other Poems〉(사후출판, 1898)로 나누어서 출판했다.

말년에 앨리스 이야기와 비슷한 작품을 다시 쓰려고 했으나 〈실비와 브루노 Sylvie and Bruno〉(1889) 및 '영문학에서 가장 흥미로운 실패작'이라는 속편 〈실비와 브루노 완결편 Sylvie and Bruno Concluded〉(1893)을 쓰는 데 그쳤다.

작품 설명

　'이상한 나라의 앨리스'는 여자아이가 토끼굴 아래로 떨어져서 다양한 동물을 만난다는 내용으로, 어른과 어린이 모두에게 오랫동안 사랑받으며 문화와 문학에, 판타지 장르에 특히, 많은 영향을 미쳤다. 수많은 영화와 연극과 그림과 발레와 컴퓨터 게임으로도 나왔다. 하지만 작가가 논리학과 수학을 활용해서 어린이들을 즐겁게 한 이야기는 정말 우연히 생겨났다.

　캐럴은 동생이 여덟 명이나 되는 덕분에 어린애들과 친하게 지내는 게 자연스러웠다. 말을 심하게 더듬어도 아이들한테는 아니었다. 캐럴이 가깝게 지내던 아이들 가운데는 작가 조지 맥도널드 자녀와 시인 앨프레드 테니슨 아들도 있었다. 하지만 옥스퍼드 크라이스트 처치 단과대학 학장 헨리 조지 리델의 세 딸 로리나·앨리스·에디스와 특히 가깝게 지냈다. 대학에선 학장만 결혼하고 교내에 거주할 수 있어, 크라이스트 처치에 세 여자애밖에 없었기 때문이다.

　세 여자애는 가정교사 프리킷에게 엄격한 예절교육을 받으며 자라,

가정교사를 '가시가 돋쳤다'는 뜻의 '프릭스(Pricks)'라는 별명으로 부르고, 루이스 캐럴은 프리킷을 〈거울 속 여행〉에 나오는 붉은 여왕의 모델로 삼을 정도였다.

앨리스가 1932년에 회상한 내용에 따르면, 캐럴은 커다란 소파에 앉아서 연필이나 잉크로 그림을 쉴새 없이 그리며 이야기하고 세 자매는 양쪽에 앉아서 열심히 들었다. 늘 새로운 내용은 아니고, 옛이야기를 새롭게 바꾸거나 뒷부분을 이어갈 때도 잦지만, 예상을 뛰어넘는 대목을 신선하게 추가해서 새 이야기처럼 들리곤 했다.

1862년 7월 4일, 캐럴은 트리니티 칼리지 특별연구원인 친구 로빈슨 덕워스와 함께 세 자매를 데리고 템스 강에서 보트를 탔다. 노를 저어 옥스퍼드에서 가즈토까지 올라가 강둑에서 식사하고 저녁 늦게 돌아왔는데, 친구가 쓴 일기에 따르면, 캐럴은 보트에서 〈앨리스의 땅속 모험 Alice's Adventures Underground〉을 들려주고, 앨리스는 글로 써달라 부탁했다.

캐럴은 1887년에 회상하길, "뭔가 새로운 이야기를 지어내려고 머리를 짜내다, 여주인공을 토끼굴 땅속으로 무작정 내려보냈다. 뒷이야기를 어떻게 이어갈지 아무런 구상도 못 한 상태였다." 그래서 앨리스에게 들려준 이야기를 그대로 적기도 하고, 전에 들려준 모험을 덧붙이기도 하면서 그럭저럭 써나갔다. 어설프지만 독특한 삽화도 직접 그려넣고, 나름대로 완성해서 앨리스에게 별생각 없이 주었다. 그런데 소설가 헨리 킹즐리는 학장 관저를 방문했다가 거실 탁자에 놓인 원고를 우연히 읽고서 출판을 제안했다.

캐럴은 얼떨떨한 마음에 훌륭한 동화작가며 친구인 조지 맥도널드와 의논했다. 맥도널드는 이것을 집으로 가져가서 자기 아이들에게 읽어주고, 6세 아들 그레빌은 "6만 권짜리 이야기면 좋겠다"며 아쉬워했다.

결국, 캐럴은 원고를 출판용으로 개작해, 소풍에 대한 부분을 서두 시 형식으로 간단하게 줄이고 리델 자매에게 다른 시기에 이야기한 내용을 덧붙였다.

친구 덕워스가 제안해, 캐럴은 〈펀치 Punch〉지 만화가 존 테니얼을 소개받아 삽화를 부탁했다. 그래서 1865년에 〈이상한 나라의 앨리스〉 가 탄생했다. 초판은 인쇄가 나빠서 회수하는 바람에 21부만 남아 19세기의 희귀본이 되었다.[30] 재판은 발행연도를 1866년이라고 적었 으나, 실제로는 1865년 크리스마스 무렵에 출판했다.[31] 이 책은 느리 긴 해도 꾸준히 팔려나가더니, 루이스 캐럴이 사망할 무렵에는 영국에 서 가장 유명한 동화책이, 루이스 캐럴 탄생 100주년인 1932년에는 세계에서 가장 유명한 책이 되었다.

앨리스 이야기가 성공한 비결이 무엇인지는 정확히 알 수 없다. 논리 학과 수학을 다양하게 녹여내, 해석도 다양하지만, "수수께끼는 만들 때부터 해답이 없다"는 모자장수처럼 모두 어림짐작할 뿐이다.

하지만 '루이스 캐럴이라는 수수께끼' 자체를 풀려는 시도는 수없이 많았다. 캐럴이 어린 여자애들과 친하게 지낸 건 이성에 대한 욕구를 대리 충족하려는 무의식적 행위였다든가, 애정을 쏟던 아이가 결혼 계획을 밝히면 질투 증세를 보였다든가, 앨리스 리델을 비롯한 몇몇 소녀와 결혼까지 생각했다는 등, 주장은 다양하다. 그러나 입증할 증 거는 거의 없다. 실제로 캐럴은 아이들이 크면, 앨리스 역시 12세가 된 다음부터, 더는 만나지 않았다. 리델 학장이 시도한 크라이스트 처치의 '개혁'을 캐럴이 풍자한 뒤로는[32] 앨리스 동생 에디스조차 만

---

30) 루이스 캐럴 소장본이 1998년 경매에서 $1,540,000에 팔렸다.
31) 앨리스 리델 소장본이 2009년 경매에서 $115,000에 팔렸다.
32) 캐럴은 1874년에 대학문제를 풍자한 소책자 가운데 최고 걸작을 모아 〈옥스퍼드 젊은이의 비망록 Notes by an Oxford Chiel〉까지 펴냈다.

날 수 없었다.

그러나 도덕을 중시하는 빅토리아 시대가 지나고 다양한 심리학 이론이 등장하면서, '이상한 나라의 앨리스'는 정말 이상하단 비평이 나오기 시작했다. 토끼굴과 옆으로 젖히는 커튼과 조그만 문은 여성의 신체를, 열쇠와 자물쇠는 성교를, 애벌레는 남근을 상징한다는 주장이 나오고, 앨리스 목이 기다랗게 늘어나는 건 남근숭배 현상이며, 부채를 부쳐서 줄어드는 것과 조그맣게 변해서 눈물이 턱까지 차는 건 자위행위를 나타낸다고 보는 비평가도 있다.

애벌레가 버섯 꼭대기에서 물담배를 태우고 주변에 마법 버섯이 많다는 표현은 마약을 암시한다고 보기도 한다. 체셔 고양이가 순식간에 나타나거나 사라지고 공중엔 빙그레 웃는 얼굴만 남는 내용도 비슷한 사례라는 거다. 그래서 1960년대만 해도 히피들은 "파란 약을 먹으면 현실은 사라지고 자신이 믿고 싶은 게 눈앞에 그대로 나타나고, 빨간 약을 먹으면 토끼굴에 깊이 빠져 이상한 나라에 들어간다"고 말하곤 했다. 하지만 저자가 마약을 했다는 증거 역시 어디에도 없다.

'이상한 나라의 앨리스'를 정치 우화로 보는 비평가도 많다. 앨리스가 하얀 토끼를 쫓아서 굴로 뛰어드니, 여왕은 마음대로 통치하고 백성은 벌벌 떠는 왕국이 나타나는데, 빅토리아 여왕이 통치한 영국과 너무나 비슷하다. 사람들이 감옥에 갇히고 고문당하고 죽어 나간다. 앨리스는 권위와 정면으로 부닥치고 독재권력 행태와 운동경기 규칙을 이해하려 애쓰고 다양한 모험을 겪으며 아동기와 청소년기를 거쳐서 어른으로 성장한다. 그러면서 몸이 극단적으로 변하니, 자아는 물론 존재까지 흔들린다. 앨리스는 이상한 왕국에서 원주민이 너무나 이상하게 살아가는 모습을 황당하게 여기며 자신의 가치관을 주입하려 애쓰기도 한다. 영국의 식민지 정책을 비판하는 대목으로 볼 수 있는 거다.

　작가는 동화 같은 이야기에 전문지식을 충분히 활용하며 사회 소설적 요소와 윤리 문제를 절묘하게 결합해, 인간의 참된 모습을 보여준다. 그런데 작가가 작품에 담아낸 세상은 해답이 없다. 정말 이상한 나라다. 모든 게 뒤죽박죽이다. 그래서 작가는 '의미를 찾기보다는 현재를 마음껏 즐기며 행복하게 사는 게 최고'라는 말을 우리에게 하고 싶었던 건 아닐까 하는 생각도 든다.

송천동에서
김옥수

다른 삽화가가 그린 엘리스 그림

-Arthur Rackham